Sonya
ソーニャ文庫

女装王子の初恋

桜井さくや

JN161832

イースト・プレス

contents

序章

――その日、男爵家ローズマリーの末娘・コリスに一通の手紙が送られてきた。

差出人の名を見たコリスは「誰だったかしら？」と首を傾げたが、その中身を読み進めるうちに大きな目をさらに見開き、読み終えると同時に部屋を飛び出し、家族のもとに向かった。

「皆、聞いてッ！　すごいのよ!!」

バタバタと廊下を走り抜け、コリスは迷わず居間の扉を開ける。

そこそこ広い屋敷だが、自然と家族が集まるのはいつもこの場所だった。

「……あ、ら？　誰もいない」

しかし、息を切らせて辿りついたものの誰もいない。

テーブルの上には飲みかけの紅茶が三セットあるので、両親と六歳上の兄がつい先ほどまでここでくつろいでいたのは窺い知れた。

——皆、どこへ行ってしまったのかしら。

コリスは小さく首を傾げ、廊下をきょろきょろと見回す。

「あっ、向こうのほうから声がするわ！」

数秒ほど辺りを窺っていると、不意に庭先から複数の人の声が聞こえてきた。

どうやら皆は外にいるらしい。

少し騒がしい気がして不思議だったが、コリスは手紙を握り直すと、声がするほうに走り出した。


「——ポール、あぁなんてこと。お願いだから慎重にね。そんなところで足を踏み外したら大変だわ……っ」

「母上、そんなに心配しないでください。こう見えて僕は運動神経がいいんですよ」

「だけど」

「あと少しで終わりますから。——ん？　あっ、こらコリス！　また大股《おおまた》で走ったりしてだめじゃないか。そんなことでは立派な淑女《しゅくじょ》になれないといつも言っているだろう？」

コリスが庭先に着いて真っ先に目に飛び込んできたのは、なぜか屋根の上に立つ兄・ポールの姿だった。

父と母はそれを心配そうに見上げていたが、コリスには状況が摑めない。大股で走ってきたことを屋根の上にいる兄に窘《たしな》められても、気に留めるどころではなかった。

「はあっ、はあっ……。お父さま、お母さま、ポール兄さまは屋根に登って何をしているの？」

「それが…、雨漏《も》りしているみたいなのよ……」

「雨漏り…って、また!?」

「ええ、またなの……。今朝起きたら廊下に水たまりができていたのをドナが気づいて教えてくれたのだけど、ポールが修繕すると言って自ら屋根に……」

「それであんなところに……」

母から成り行きを聞き、コリスは顔を引きつらせながら納得した。

そういえば昨晩は雨だったと思いだし、両親の傍で不安げに兄を見守る使用人のドナに目を向ける。

ドナは父が子供の頃からこの家で働いている古参《こさん》の使用人だ。その働きぶりは年を重ねた今でも感心するほどで、自分たちにとっては家族のような存在でもあった。

「あぁ…っ、もう十歳若ければ、このドナがなんとかしましたのに……っ」

「まぁ、ドナ。何歳だろうと、こんな危険なことをあなたに頼むわけがないでしょう？怪我をしたらどうするの」

「そうだ。あのような危険な真似《まね》を君にさせられるわけがないだろう」

「ですが……っ」

青ざめて涙を浮かべるドナに、父と母は優しく声をかける。

しかし、その危ない真似をしているのはこの家の大事な跡継ぎだ。

顔を曇らせる父の表情からは複雑な感情が覗き、こうせざるを得ない事情を理解しているコリスは、屋根の上で黙々と修繕作業を進める兄を見守るしかなかった。

「それにしても、ポール兄さまって器用よね……」

コリスは規則的な木槌《きづち》の音に感心してぽつりと呟く。

だが、器用にならざるを得なかったというのが実際のところなのだろう。

大きな声では言えないが、自分たちで雨漏りをなんとかしようとしたのは今回で二度目なのだ。

「父上、母上、終わりました。あの場所はもう大丈夫です」

「兄さま！」

修繕を終え、はしごを使って降りてきた兄にコリスは真っ先に飛びつく。

「わぁ…っとと。コリス、だめだって。今抱きついたら服が汚れる」

「いいの。もう抱きついちゃったもの。これくらい手で払えば大丈夫よ」

「まったく」

「それより、ポール兄さま。お疲れさま」

「あぁ、ありがとう」

服が汚れることを気にする兄だったが、適当なことを言って押し切り、コリスが最後にねぎらいの言葉をかけると諦《あきら》めた様子で優しく抱きしめ返してくれた。

「ポール、おまえ一人に任せてしまってすまなかったな」

大好きな腕に甘えていると、背後から気まずそうな父の声がする。

兄はコリスの頭を撫《な》でて身体を離し、首を振って父に笑いかけた。

「父上、何を言うのです。父上は腰を痛めたばかりじゃないですか。まだ万全ではないのに無理をさせられるわけがありません」

「それはそうだが……」

兄の指摘に父は自分の腰に手を当て苦笑を浮かべる。

一週間前、父は庭木の手入れをしている最中に腰を痛めてしまったのだ。

幸いにも軽いぎっくり腰で済んだが、無理な姿勢で何時間も続けていたせいで、今でも負担のかかる動きをすると痛みで腰を押さえる姿をコリスは何度か目にしていた。

――この一連の会話から、ローズマリー家が貴族として色々と踏み外していることは、それとなく想像できることだろう。

もちろん、好きで庭木の手入れや屋根の修繕をしているわけではない。

代を重ねるごとに相続する遺産が目減りし、領地の収入だけでは家を維持することが難しくなっていった結果、旧態依然とした貴族が変化に対応できずに破産するというのは昨今ではよくある話だ。

その波はコリスの家にも訪れ、これまでいくつもの土地を手放してきた。

だが、金のかかる貴族の生活などそう長くは続かない。

手に入れた資金が底をつくのは時間の問題となり、社交界に出ることは数年前にやめ、使用人にはできる限りのお金を渡したうえで暇《ひま》を出し、今はドナの他には通いの料理人しかいない。

要するに、自分たちは貧乏貴族だ。

長年暮らしたこの家もいずれは手放すときが来るのだろう。

だとしても、その前にできることはないだろうかとコリスはずっと考えてきた。

どんなに古い屋敷でも、ここはかけがえのない日々を過ごした大切な場所なのだ。

とうにお嫁に行った十歳上の姉をはじめ、目の前の兄や自分が生まれ育ったこの家にはたくさんの思い出が詰まっている。

生まれてから十六年間過ごしたこの家も家族もコリスは本当に大好きで、少しでも長く守れるならどんなことでもしたかった。

「あっ、ねぇこれを見て、すごい手紙が来たのよ！」

不意に思いだし、コリスは手に持っていた手紙を皆に見せる。

少々くしゃくしゃになってしまったので指先で軽く伸ばし、不思議そうに見る両親と兄、その後ろにいるドナにも目を向けてにっこりと笑った。

「差出人はセドリックさま。この方、どこの誰だと思う？」

「セドリック……？　うーん、誰だったかな。どこかでお会いした方だろうか？」

「ううん、一度も会ったことのない方よ。ねぇ、お父さま、半年くらい前に王女さまのお世話係を探してる話があったのを覚えてる？」

「あぁ…、そういえばそんな話があったなぁ。だが他の貴族の娘にもずいぶん声をかけているようだったから、コリスに話が回ってくることはまずないと……。それがどうかしたのか？」

　答えながらも、話の意図が摑めない父は眉根を寄せている。

　コリスは同じように首を捻《ひね》る皆の様子を見回し、得意げに胸を張った。

「この方はね、アリシア王女が住むお屋敷で家令をしているんですって。手紙には私に王女さまのお世話係をお願いしたいって書いてあるわ」

「なんだって!?」

「本当よ。すごいでしょう？」

「ちょっ、ちょっとその手紙を見せなさい！」

「あ…っ」

　コリスの話に父は目を丸くして、半ば強引に手紙を奪い取った。

　想像以上の大きな反応に驚いていると、母や兄も広げた手紙を覗き込む。

　やがて丁寧に綴《つづ》られたその手紙を読み終えた父は、微《かす》かに唇を震わせながらごくりと喉を鳴らした。

「……どうして半年も前の話が今頃になって……？」

「それはわからないけど、いい話には違いないでしょう？　王女さまのお世話係だなんて、そう経験できることではないもの」

「確かにそうだが」

「あぁどうしよう。私、上手に挨拶《あいさつ》できるかしら。ねぇ、ポール兄さま、アリシア王女ってすごい美女なんでしょう？」

「あ、ああ…。そんな噂はよく聞くが」

「噂になるほどだなんてよっぽどね！　どんな人かしら。早く会ってみたい！」

「おっ、おいコリス」

「だけど、相手が王女さまともなるとすごいのね。必要なものはすべてこちらで用意するから、身一つでおいでくださいって。期間は半年程度だけど、希望すればもっと長くいられるんですって。それにね、結婚相手を紹介してもらえるのよ。王家からの紹介だなんて、きっと皆が縁を結びたがる家柄の方よね！　お給金も破格なのに、こんなに至れり尽くせりだなんて――…」

「コリス、ちょっと待て！　わかったから少し落ち着くんだ！」

一人興奮していると、話の途中で兄に止められる。

こんなすごい話にどうして落ち着いていられるのかと、コリスは首を傾げた。

「……なに？　ポール兄さま」

「いや、うん…。待遇がすごそうだというのはなんとなくわかった。だが、その前に一つ確認させてほしい」

「確認？」

何の確認があるというのだろう。

父と母に目を向けると、やや動揺した様子で顔を見合わせている。きょとんとするコリスに兄は神妙《しんみょう》に問いただした。

「コリス、おまえ、本気で王女のお世話係になる気か？」

「えぇ、もちろん」

「相手は王女なんだぞ？　病弱な方だという話も聞く。真偽《しんぎ》はわからないが、少し難しい気性の方だという噂も聞いたことがある。誰の面倒も見たことがないおまえに、そんな方のお世話ができるのか？　家を出るだけでも大事《おおごと》なのに、さまざまなことを気遣いながらやっていくんだぞ？　本当に大丈夫なのか？」

「大丈夫よ、なんとかなるわ」

「なんとかって」

兄は呆れた様子で顔を引きつらせたが、コリスは平然と言い返した。

「だって今悩んだって仕方ないでしょう？　最初からなんでもうまくできる人なんてそうはいないわ。お世話係は他にもたくさんいるだろうし、周りを見習っていけば少しずつ失敗を減らせると思うの」

「それはそうかもしれないが」

「あっ、お休みならちゃんともらうわ。だから心配しないで。兄さまの結婚式は絶対に出席するから！」

「いや、今はそういう話をしているわけじゃ……」

「シンシア義姉《ねえ》さまの花嫁姿、とっても楽しみ！　綺麗だろうなぁ。ね、兄さま？」

「……う、まぁ…、それは」

にんまり笑って顔を覗き込むと、兄は顔を真っ赤にして口ごもる。

兄は三か月後に結婚式を控《ひか》えている身なのだ。

街で買い物をしていたとき、彼女が男たちに絡まれていたところを助けたのが運命の出会いだったらしい。数日後、彼女は自身の両親とローズマリー家をお礼に訪れ、そこから手紙のやりとりが始まり、いつしか恋が芽生え、二年をかけて育んだ関係だった。

コリスも何度か会ったが、相手は子爵家の四女で物静かな優しい人だ。

昨今はどこも台所事情が厳しいらしく、ローズマリー家とは似たような財政状況みたいだ。互いの両親もすぐに意気投合していた。

兄は責任感が強い。そのうえ、器用で頭のいい人だ。

結婚が決まって、近い将来家督を継ぐことになったはいいが、この家がさらに先細りしていくのは目に見えている。このまま黙って落ちぶれるわけにはいかないと、現在は事業を興《おこ》す計画を立てているところだ。

そんな姿を見ていると、コリスもじっとしてはいられない。この手紙はそんなときに舞い込んだものだったのだ。

「ねぇ、お父さま。行ってはだめ？」

「それは……」

おねだりするように問いかけると、父は難しい顔で手紙に目を落とす。

とてもいい話だと思うのに、どうして喜んでくれないのだろう。

やはり王女のお世話係など務まらないと不安に思われているのだろうか。

父はしばし考え込んでいたが、やがて「まいったなぁ……」と苦笑を浮かべた。

「正直に言って、どう答えていいのかわからないんだ。ずいぶん前の話ですっかり忘れていたうえに、この話がおまえに決まるとはまったく考えていなかった」

「でも…、あのときは、お父さまが手を挙げてみたらどうだって……」

「あぁ、手を挙げるだけなら誰でもできるからね。実際、あちこちの家の娘が希望したと聞いたし、その中から一番良い家柄の娘が選ばれるものと思っていたから」

「そう…だったの……」

「まぁしかし、今それを言っても始まらない。何が基準で選ばれたかは知らないが、おまえの将来を思えば決して悪い話ではないのは確かだ。手紙には選考に半年もかかったことを真摯《しんし》に詫びる言葉が綴られてあるし、少なくともこれを書いたセドリック氏は常識のある方だと窺える。学べることはたくさんあるだろう」

「なら、行っても？」

「……おまえが望むなら…、反対はできない」

「お父さま！」

躊躇《ためら》いながらも頷《うなず》いてくれた父に、コリスは力いっぱい抱きついた。

「ぐっ、腰が……っ」

「あっ、お父さま、ごめんなさい！」

だが、その勢いは父の痛めた腰に思いきり響いたようだ。

低い呻《うめ》きにコリスは慌てて離れたが、苦しげに顔をしかめている。

それでもなんとか痛みを押し込めたようで、父は目尻に涙を溜めながらコリスの頭を何度も撫でてくれた。

「まったく、おまえが王女のお世話係とはなぁ……。アリシアさまがおまえのいいところをわかってくだされぱいいのだが」

「私のいいところって？」

「こんなに前向きで素直じゃないか。それに、人のいいところを見つけるのも得意だ」

「じゃあ私、アリシアさまのいいところをたくさん見つけるわ！」

「うん、その意気だ。ただし、大股で駆け回るのは控えたほうがいい」

「う…」

「大丈夫、きっと立派な淑女になれるさ。自信を持ちなさい。何があってもおまえには私たちがついているんだ」

「はい、お父さま！」

「あぁ、しかしまいった。まさかこのような形でコリスを送り出すことになろうとは…」

「……ッ、お父さま…っ！」

目尻に涙を浮かべる父を見て、コリスもぶわっと涙を浮かべる。

すると、父はふわりと抱きしめてくれて、同時に顔中涙でいっぱいにした母もコリスの背中に抱きついてきた。突然娘がいなくなることに戸惑いを感じながらも、父が許可してしまったので、寂しい気持ちをこうして表すことしかできなかったのだろう。

「お母さま、私、向こうの人たちとちゃんと仲良くできるわ。落ち着いたら手紙を書くから心配しないで」

「……こちらから手紙を出しても平気かしら？」

「もちろん」

「それなら、たくさん書くわ…っ、毎日コリス宛てに手紙を書くわ…っ！」

前からも後ろからもぎゅうぎゅうに抱きしめられ、コリスはおかしくなってクスクスと笑ってしまう。

その様子を傍で見ていた兄が、諦めたように息をついた。

「やれやれ、とんだことになった」

「ポール兄さま、私、がんばってくるわね！」

「……あぁ」

笑顔を向けると、兄は少し寂しそうに笑っていた。視界の隅《すみ》ではドナがぐすぐすと泣いている。こんなに想われて自分はとても幸せだと、コリスは皆の姿を見つめながら涙を浮かべた。

そして、それからすぐに父は王女の住む屋敷の家令であるセドリックに返事を出した。驚くことにその翌日には使いの者が訪れ、さまざまな説明を受けたあと、その場でコリスがアリシア王女の住む屋敷へ行くことが正式に決まった。

やっと皆の役に立てそうだとコリスは密かにそんな思いを胸に秘めていたが、別段気負っているわけでもなかった。

アリシアと会うことを楽しみに思う気持ちが強かったからだ。

噂に上るほどの美女とはどんな人だろう。

年も二歳しか違わないというし、もしかしたら仲良くなれるかもしれない。

そうしたら、どんなに素敵だろう。お世話するのが毎日楽しそうだ。

一方的な妄想ではあったが、アリシアと楽しくおしゃべりをする情景が浮かび、コリスはわくわくする気持ちを止められなかった。

「——では、行ってきます」

出発の朝、コリスは家族全員と別れのキスをして、迎えの馬車に颯爽《さっそう》と乗り込む。

澄み渡る空が気持ちよかった。

「元気でね。しっかり食べてがんばるのよ！」

「はいっ、皆も元気で！　兄さまの結婚式までには立派な淑女になっているはずだから、楽しみにしていてね！」

コリスは笑顔を浮かべ、両親と兄、後ろのほうで涙を拭《ぬぐ》うドナにも手を振る。

父と母は泣いていた。

兄は泣くのを我慢しているようだった。

そのうちに馬車が動き出し、コリスは皆の姿が見えなくなるまで手を振り続けた。

寂しさが募《つの》ったがぐっと押し込め、滲《にじ》んだ涙を拭いて前を向く。

新しい世界に飛び込むことは、そんなに怖いことじゃない。

「アリシアさまのいいところをたくさん見つけよう」

澄んだ空を小窓から見上げる。

この空のように晴れ晴れとした気持ちで毎日お世話をしよう。

不思議と不安は感じず、ただただ希望で満ち溢れた出発だった――。

第一章

都の中心から少し外れた場所にある濃い緑が生い茂る広大な森。

そこには一本道があり、しばし馬車を走らせると、程なく開けた場所に辿り着く。

王女アリシアは、その先にある正門を抜けたさらに奥に建つ屋敷に住んでいた。

「コリスさま、到着しました」

馬車を止めて扉を開けた御者がそう告げたのは、コリスがローズマリー家を出て三時間は経ったあとだった。

——ずっと馬車に揺られていたからお尻が痛いわ。

コリスは腰の周りを軽くさすりながら馬車を降りる。

森の中を抜ける間は似た景色ばかりで、最後のほうは窓の外を眺めることもしなかったが、不意に爽《さわ》やかな風を感じて顔を上げ、眼前に広がる景色に思わずぽかんとした。

「アリシアさまは一人でここに……？」

手入れの行き届いた広大な庭と、周りが堀になって池に囲まれたバロック様式の屋敷。鳥のさえずりと風が木々を撫でる音はするのに、人の声や気配が感じられない。迎えに来てくれた御者がいなければ、この世にたった一人になってしまったのではないかと錯覚《さっかく》しそうな静けさだった。

「では、参りましょう。荷物をお持ちします」

「あっ、ありがとうございます」

御者に声をかけられ、コリスは声を上ずらせて頷く。

王族のもとで働く者は歩き方まで訓練するのだろうか。

前を歩く御者の背筋はまっすぐに伸び、どうやっているのか足音一つ聞こえない。一歩ごとに聞こえる自分の足音との違いに目を見張るばかりだ。

――だけどこの場所は、私にはちょっと静かすぎるかも……。

どこを見ても絵に描いたように美しいが、妙に寂しさが募る。

もしかしたら、王女の寂しさがそう感じさせるのかもしれないと、コリスは珍しくしんみりした気持ちになった。

アリシア王女は生まれつき身体が弱く、人の多い王宮では心にも身体にも負担がかかるからと、王の持ち物であるこの屋敷に家族と離れて暮らしている。王妃は彼女を身籠《みご》もっていたときに体調を崩し、静養のためにここを訪れた際にアリシアを産んだらしい。その後、王妃は元気を取り戻したが、アリシアの病状が快方に向かうことはなく、落ち着くまではと屋敷に残され、それが今まで続いている。だからアリシアは一度も王宮に行ったことがなく、王や王妃にもほとんど会ったことがないのだという。

コリスがアリシアについて知っているのはその程度だが、それがどんなに寂しいことかは想像できる。どんな理由があるにせよ、一度も家族と暮らしたことがないだなんて考えただけで切なくて胸が痛くなった。

——アリシアさまは、毎日何を思ってここで過ごしているのかしら……？

人目を避けるようにひっそりと建つ屋敷。

それでも彼女がときどき人々の噂に上るのは、その類《たぐ》い稀《まれ》な美貌のためだ。

実際にこの屋敷を見るまではフワッとした憧れのほうが強かったが、広大な森の中にぽつんと屋敷が建つこの光景を目にすると、コリスの中で徐々に違う感情が湧き起こる。

少しでもアリシアさまの寂しさを埋められたらいいのに……。

切ない思いに唇をきゅっと引き結び、屋敷の中へと足を踏み入れる。

広い廊下を抜け、それからすぐに通された応接間で自分を出迎えてくれたのは、背の高い年配の紳士《しんし》だった。

「——遠いところへようこそ。はじめまして、あなたがコリスさんですね。私はこの屋敷で家令をしているセドリックといいます」

「あなたがお手紙の…っ！　あっ、すみません…ッ！　その…っ、至らないところもあると思いますが、どうぞよろしくお願いします！」

「期待していますよ。わからないことは気軽に相談してください」

「はいっ！」

「元気のいいお嬢さんだ」

出迎えてくれたのは手紙をくれたセドリックだった。

灰色の穏やかな瞳、焦げ茶色の髪に僅《わず》かに交じる白髪。

自分の両親より年下に見えるので四十代半ばくらいだろうか。

セドリックの落ち着いた雰囲気にコリスの肩から力が抜けていく。気づかぬうちに緊張していたのかもしれなかった。

「では早速ですが、アリシアさまのもとに参りましょうか」

「えっ!?」

しかし、一端緩《ゆる》んだ肩にまた力が入る。

ここに来た目的を考えれば当然の流れだが、まだ心の準備ができていなかった。思わず大きな声を上げると、セドリックはふっと唇を綻ばせ、流れるような動きで応接間の扉を開けた。

「そう固くならず、普段どおりでいいんですよ。今日は顔を覚えていただくつもりで挨拶だけしておきましょう」

セドリックの言うことはもっともだ。

確かに顔を覚えてもらわなければ何も始まらない。知らない相手にいきなり身の回りの世話をされても戸惑うだけだろう。

最初が肝心《かんじん》だと大きく頷き、コリスは緊張しながら、セドリックと共にアリシアのもとに向かうことになった。

「あ…と。失礼。その前に一つ、言い忘れていたことがありました」

ところが、セドリックは途中で思いだしたように立ち止まる。

仕事内容についてだろうか。振り返るセドリックを見上げると、彼は僅かに目を伏せ、何かに迷う様子を見せながら思わぬことを口にした。

「今回の話は一週間の試用期間を経たうえで決定したいと思っています」

「えっ!?」

突然の話にコリスは驚き、目を見開く。

ここまで来てそんなことを言われるとは思わなかった。

「あの、そんなお話は一言も……」

「事前にお伝えしていなかったこと、非常に申し訳なく思っています。しかし、ここは王女の屋敷です。適性があるかどうかを見極めるため、ここで働く方には必ずお願いしていることですので」

「……っ」

「とはいえ、こちらからお断りしたことは、これまで一度もありませんが」

「……そう、なんですか？」

「えぇ、不安にさせて申し訳ありません。形式なので一応お伝えしましたが、あまり深刻には捉えないでいただけると……。あなたにはアリシアさまの身の回りのことを最低限お手伝いいただきたいだけですから」

　そう言って、セドリックは申し訳なさそうに眉を下げる。

　──つまり、よほどの失態が無い限りは家に帰されたりはしないのよね……？

　コリスは胸を撫で下ろすも、もやっとした気持ちは拭えない。

　それならそうと事前に言ってくれればいいのにと思ったが、これ以上不満を募らせてもいいことはない。今はできることを精一杯やるしかないのだ。

「わかりました」

　コリスはしっかりと頷き、セドリックを見上げる。

　言いづらいことを言わなければいけない立場というのも大変なのだろう。彼はどことなくホッとした様子だった。

「では今度こそアリシアさまのもとに向かいましょう。先ほどまで中庭で本を読まれていたのですが、夕方になるのでさすがに中に戻って……。──あぁ、まだあんなところに……。仕方ありません。向こうの扉から外に出ましょう」

「え？　は、はい…っ」

　セドリックは窓の外に目を向けながら、廊下の端にある扉に向かう。

　てっきりアリシアの部屋に向かうものと思っていたから、完全に予想外だった。

コリスも窓の外を見ようとしたが、その前にセドリックが扉の向こうに姿を消してしまう。どうやらそこから中庭へ行き来できるようで、コリスは急いで彼を追いかけた。

「わ…ッ、さむい…っ」

外に出た途端、さぁ…っと吹き抜ける風。

ここに来てまださほど時が経っていないのに、馬車を降りたときよりずいぶん風が冷たく感じられた。

――アリシアさまは、こんなところで本を読んでいるの？

コリスはぶるっと身を震わせ、セドリックの向かった先に顔を向けた。

「……っ」

だが、そこで目にした光景に思わずコリスは足を止める。

凛としたまっすぐな背中。

風に揺れて柔らかく波打つブロンドの髪。

その人は椅子に座ってただ本を読んでいるだけだったが、後ろ姿を見ただけで、『この人が王女さまだ』とはっきりとわかるほどの存在感に息を呑む。まるで一枚の絵を眺めているような不思議な感覚に陥《おちい》り、食い入るようにその姿を見つめた。

「アリシアさま、そろそろ中へお戻りください」

「……」

よほど本に夢中になっているのだろうか。

王女は最初、セドリックに声を掛けられても何の反応もしなかった。

「――あぁ、もうそんな時間」

しかし、やや間が空いてから彼女は顔を上げ、ぽつりと呟く。

少し低めでハスキーな声が意外だった。

けれど、それが妙に色っぽくも感じてしまい、そんなことを考える自分に戸惑っていると、王女は少し離れたところで突っ立っているコリスの気配に気づいたようで、ゆっくりこちらを振り返った。

「……誰？」

「え…ッ、……あっ!?　あっ、あ、あの……ッ」

いきなり声をかけられたものだから、びっくりして言葉にならない。

――最初が肝心なのにどうしよう。

コリスは顔を紅潮《こうちょう》させ、なんとか心を鎮めようと深呼吸を試みる。

だけど、とても落ち着いてはいられない。

生き物としての完成度が高すぎる。ブロンドの髪も琥珀《こはく》色の瞳も、西日に反射して一層輝きを増し、こんなにキラキラした人がこの世にいること自体が不思議だった。

これは噂にならないほうがおかしい。

宝石のような綺麗な瞳に見つめられると、同性だとわかっていても身体が硬直してしまう。

「アリシアさま、彼女が今朝お話しした……」

「……あぁ。おまえがそうなの」

アリシアは耳打ちをされ、思いだした様子でコリスを流し見る。

その横ではセドリックがコリスに目配せをしていた。

彼は挨拶するタイミングを作ってくれたのだ。

それに気づいたコリスは小さく頷き、今度こそはと息を吸い込んだ。

「今日からアリシアさまのお世話係として入ったコリスと申します。どうぞよろしくお願いします！」

無難な挨拶だがなんとか言い切り、コリスはぺこりと頭を下げる。

たったこれしきのことなのに緊張で息が上がってしまう。

やっと挨拶ができた。一人胸を撫で下ろすコリスだったが、そんな気持ちを知ってか知らずか、その直後、アリシアは信じがたい言葉を投げつけてきた。

「どうせすぐにいなくなるのに、私が名を覚える価値がおまえにあるの？」

「……え？」

煩《わずら》わしげなため息。

素っ気ない言葉と、抑揚《よくよう》のない冷たい声音。

今のはなに？

聞き違いかと思ってコリスはパッと顔を上げた。

けれど、アリシアはこちらを見てもいない。

彼女はテーブルに置いた本を手に取り、すっと立ち上がると何も言わずに屋敷に戻っていく。その冷たい態度に驚いたのはセドリックも同じだったようで、彼は慌ててアリシアを追いかけた。

「アリシアさま、お待ちくださ…――」

「コリス、こちらへ」

「え？」

「風がうるさいから中で話をしようというだけ。セドリックは来なくていいわ。おまえには、やることがあるでしょう？」

「は…」

「今朝頼んだものを早く用意してちょうだい」

「え？ い、今からですか…!?」

「何か不服？」

「……いえ」

アリシアは扉を開けると、再度コリスだけを呼ぶ。

しかし、いきなり二人きりになると知って、顔が強ばってしまう。セドリックに対するどことなく冷たい扱いにも戸惑い、コリスは動くことができなかった。

「待たせてはなりません。早く行きなさい」

「……ッ、はい！」

　セドリックにまで言われ、コリスは慌てて動き出した。

　若干固い表情で促され、急いで屋敷に戻ると、廊下の先で待っていたアリシアが身を翻《ひるがえ》す。ついてくるように言っているのだと理解し、コリスは不安を抱きながらも、おとなしく彼女のあとを追いかけた。

　――さっきアリシアさまは、『どうせすぐにいなくなる』と言ったの？

　会話もなく廊下を進むなか、コリスは先ほどの王女の言葉を思い返していた。

　あれは一体どういう意味だろう。

　会ったばかりの相手に、そんなことを言うものだろうか。それとも、王族の挨拶はああいう感じなのか。

　悶々《もんもん》とした気持ちを抱きながら、ゆらゆらと揺れるアリシアの長い髪を目で追いかける。

　そういえば彼女は病弱と噂されていたが、そんなに体調は悪く見えない。

　色は白いが顔色が悪いというわけではないし、前を歩く足取りもしっかりしている。

　そこでふと王女を見上げ、彼女はずいぶん背が高いのだなと思った。

　先ほど庭で立ち上がったときに傍にいたセドリックと一瞬だけ並んだが、あまり背が変わらなかった気がする。コリスは自分の背が低いこともあって、この身長差にも圧倒されそうだった。

「ここでいいわ。入って」

「は、はい」

どれくらい歩いただろうか。

長く広い廊下を進んでいくと、やがてアリシアは立ち止まった。

彼女はすぐ傍の扉を開け、コリスは促されるままおずおずと足を踏み入れた。

通された部屋には、手の込んだ彫刻の施されたテーブルといくつかの椅子が置かれてある。壁には風景画が飾られていて、談話室のような場所だった。

よく見れば天井や柱にまで緻密《ちみつ》な模様が彫り込まれている。これが王族の屋敷なのかと驚いたが、どの部屋も手の込んだ造りをしていることは想像に難《かた》くない。

「座らないの？」

「あっ、はい…」

部屋の中をぼんやりと見回していると、声をかけられてハッとする。

見れば、アリシアはすでに椅子に腰掛けていた。

二人きりで何の話をするのだろう。テーブルを挟んで彼女と正面で向かい合うように、コリスは緊張気味にちょこんと椅子に座った。

「――セドリックは本当に諦めが悪い……」

「え？」

「いいえ、こちらの話。ところでコリス、おまえは何ができるの？」

何かを呟いた気がして聞き返したが、その疑問を遮るように問いかけられてコリスは狼狽えた。

「あの…、何ができる、というのは……」

「……」

お世話係として何ができるのかということだろうか。

確認のために聞いたが、アリシアは答えてくれない。

ぐるぐると考えを巡らせ、たぶんそうだと思いながら、コリスはここに来るまでに考えていたことを必死で思い返した。

「その…ッ、身の回りのお手伝いやお部屋のお掃除など、どれも当たり前のことばかりですが、アリシアさまに少しでも快適に過ごしていただけるようにしたいと思っています」

「そう」

「それから……」

「他に何かあるの？」

「はいっ、アリシアさまのお暇なときに話し相手になれればと」

「話し相手…？」

「はい、だめでしょうか」

怪訝《けげん》な顔で見られて怯《ひる》みつつも、コリスは小さく頷く。

セドリックから手紙をもらってから、コリスはアリシアと楽しく過ごす日々を想像してきた。

もちろんそれが勝手な妄想だということはわかっているし、実際に会ってみると、そんな関係になるには少々時間がかかる気もした。けれど、まだ何もしていないうちに後ろ向きな結論を出したくなかった。

「それなら、何か話をしてくれる？」

「え？」

「おまえの話を聞いてみたいのだけど」

「あ…ッ、はいっ！」

思わぬ反応にコリスは目を輝かせる。

何がきっかけで会話が生まれるかなんて、わからないものだ。

何を話そう。どんな内容がいいだろう。まだお互いをほとんど知らないのだから、いきなり相手のことをあれこれ聞くのは失礼な気がする。まずは自分のことを話したほうがいいかもしれないと思い、コリスはアリシアに向き直った。

「自己紹介をしてもいいですか？」

「自己紹介…？　それは、先ほどの挨拶と何か違うの？」

「先ほどのご挨拶は自分の顔と名前を覚えていただくためだけのものでした。アリシアさまに私のことをもっと知っていただきたいんです」

「……そう。ならどうぞ」

その言い方は素っ気なく、興味がなさそうだった。

とはいえ、アリシアのほうから二人で話をする場を設けてくれたのだ。

会って間もないのに驚かされる発言はいくつもあったし、まだ一度も笑ったところを見ていない。けれど、感情があまり顔に出ない人だっている。きつい言葉のように感じても悪気はないのかもしれないし、今だって実際はコリスの話に興味津々なのかもしれない。

いつまでもビクビクしていてはお世話などできないと思い、コリスはいっそ前向きに考えを改めることにした。

「ここから馬車で三時間ほど離れた場所にある少し賑やかな街で、私は男爵家の末娘として生まれました。年は十六歳でアリシアさまより二つ下です。両親は健在で、十歳上の姉と六歳上の兄がいます。あと、使用人として長く働いてくれている家族みたいな存在もいます」

「使用人が家族？」

「はいっ、彼女はドナというのですが、祖父の代から勤めてくれていて、今も家中をピカピカにしてくれます。でも屋敷が古いせいか、最近は壁が崩れたり雨漏りをすることが多くなってきて……。そういうのは家族の誰かがなんとかしようとするのですが、やっぱり素人なので全部は直せません。職人さんってすごいですよね」

「……」

「あっ、変な話になってしまいました。その…、うちはあまり裕福な家ではないんです。ですが、皆とっても明るいんですよ！　いつも自然と居間に集まって賑やかなんです。姉はずいぶん前にお嫁に行ったので今はいませんが、それでも私たちに会いに新しい家族と一緒によく帰ってきます。兄も近々結婚して家督を継ぐ予定なので、二人に子供ができたらきっともっと賑やかになると思うんです。兄はすごく器用なんですよ。この前も雨漏りした屋根に登って……——」

コリスは家族の話をするのが楽しくて仕方なかった。

思い返すだけで笑顔になって一人でしゃべり続けてしまう。

なのに、ぴたりと話を中断したのはわけがある。ふとアリシアに視線を向けたところ、びっくりするほど無表情だったことに気づいたからだ。

——こんな貧乏くさい話、面白くなかったのかも……。

実際どう思っているのかはわからないが、あまりの表情の無さに焦ってしまい、コリスはなんとか違う話題を探そうとした。

ところが、そんなコリスをよそにアリシアは突然立ち上がった。

「……え？」

彼女は前を見たままでコリスに目を向けようともしない。

しばしの沈黙が流れる。重苦しい雰囲気が部屋に立ちこめたが、程なくしてアリシアはすっと身を翻すと歩き出し、驚くことにそのまま部屋を出て行ってしまったのだ。

「え？　え…っ？」

パタン、と静かに扉が閉まる。

何が起こったのかわからず、コリスはきょとんとするばかり。

――アリシアさまはどこへ行ってしまったの？

日が暮れる時刻だから、お腹が空いて食べ物を探しに行ったのかしら？

それとも、急にお腹が痛くなってしまったとか……？

あれこれ考えてみるが答えが出ない。話の途中でどこかへ行ってしまう人など、これまで会ったこともなかった。

「……わからない」

部屋にぽつんと残されたコリスはしょぼんと項垂《うなだ》れる。

話をすると言われて連れてこられたのに、どうして一人にされたのだろう。

話が面白くなかったからだろうか。

それで呆れられてしまったのだろうか。

不安な気持ちが頭をもたげるのを感じたが、コリスは弱気になりかける自分を励《はげ》ますように大きく息を吸い込む。そのまますべてを吐き出し、ぼんやりと天井を見上げた。

「大丈夫、きっとすぐに戻ってくるわ」

自分に言い聞かせ、コリスは何度も頷く。

けれど長い時間馬車に揺られ、慣れない場所に来て緊張が続いていたからか、途端に眠気が襲ってきた。

「ふあぁ……」

大きなあくびを一つすると、滲んだ涙で天井がぼやけた。

繰り返しぱちぱちと目を瞬いてみるが、努力の甲斐《かい》なく瞼《まぶた》が重くなっていく。

なんだか少し疲れてしまった。

だけど、アリシアさまが戻ってくるのにどうしよう。

自分の部屋に戻るまで寝てはだめよ……。

そういえば私の部屋はどこ？　セドリックさまに聞けばわかると思うけど、彼はどこへ行ったのかしら……？

取り留めもなくさまざまなことを思い浮かべたが、その思考は長くは続かず、やがて緩やかに止まった。

完全に瞼が閉ざされ、すぅすぅと小さな寝息が部屋に響く。

コリスは椅子に座って天井を見上げた姿勢のままで眠ってしまったのだった――。

＋　＋　＋

「――…スさん、……リスさんッ!?」

静まり返った部屋の中、突然誰かの足音が近づく。

それからすぐに大きな声で呼ばれ、コリスは何度も肩を揺さぶられていた。

「……う、ん…。んんー…」

「大丈夫ですか？　しっかりッ、しっかりしてください…ッ！」

まだ眠いから起こさないで……。

身体を揺さぶる手も大きな声で呼ばれるのも煩わしくて、コリスは身を捩っていやがっていた。

しかし、あまりにしつこいものだから徐々に意識が戻りはじめる。

渋々目を開けたのは、若干の間を置いてからだった。

「ん、んー…。……んッ!?　ひゃああっ!?」

瞬間、コリスはおかしな悲鳴を上げて飛び起きる。

年配の男の顔——、正確にはセドリックの顔が間近にあったからだ。

「な、な…っ!?」

「あぁ、よかった。私の早とちりだったようですね。こんな場所で横になっていたので、倒れているのかと思いました」

「え…、倒れ……？」

セドリックの言葉がすぐには呑み込めず、コリスは眉を寄せて辺りを見回す。

見慣れない部屋。

けれど覚えのある場所だ。

手の込んだ彫刻のテーブル。壁に掛かった綺麗な風景画に、細かな模様が入った柱と天井。

無造作に転がっている椅子に首を傾げ、何気なく伸ばした手がふかふかの絨毯《じゅうたん》に触れた。

「……ッ」

コリスは一気に状況を理解して顔を引きつらせる。

どうやら、自分は今まで床に転がって寝ていたらしい。

しかも、傍に転がっているのは自分が座っていた椅子だ。

想像するに、熟睡《じゅくすい》したコリスが椅子から転げ落ちた際に一緒に倒れたのだろう。

——私、椅子から転げ落ちても起きなかったの……？

なんたる醜態だ。

いつもはそこまで寝汚《いぎたな》くないのにと思いながら立ち上がり、しわになったスカートをサッサッと整えると、ぺこりと頭を下げる。起きたばかりでうまく頭が働かず、素直に謝る以外のことを思いつかなかったのだ。

「ごめんなさい。うっかり寝てしまいました……」

「……まさか昨日、アリシアさまと話をしてからずっとですか？」

「う…、はい。話の途中でアリシアさまが部屋を出て行かれたのですが、戻っていらっしゃるのを待っているうちに、ついウトウトと……」

「……ッ、あぁ、そういうことでしたか」

コリスの返答にセドリックはため息をつきながら額を押さえる。

初日からこれでは、さぞ呆れられただろう。

一人小さくなっていると、セドリックは首を横に振り、その考えを否定した。

「謝るのは私のほうです。まさかこんなところで放っておかれているとは思いませんでした。所用で出かけていたのですが、戻ったのが深夜だったこともあって、さすがに誰かに部屋を案内してもらっただろうと思い込んで確認をしなかったのです」

「私…、放っておかれたんですか？」

「おそらくは」

「そ、うですか……」

苦々しく頷くセドリックに、コリスは言葉を詰まらせる。

薄々そんな気はしていたが、本当にそうだったと知って落ち込んでしまう。

けれど、ちゃんと起きていればこんなところで朝まで過ごすことはなかったわけで、セドリックを責める気にはなれない。彼がアリシアから何かを言い付かっていたことも知っていたし、深夜までかかるほど大変な用事だったのだろう。

「コリスさん、あなたはこれからやっていけそうですか？　無理だと言われても私には止めることはできません。ここまで来てくれたのですから最低限の補償はいたしますが
……」

「えぇっ!?」

だが、しばしの沈黙の後、セドリックは思いもしないことを言い出した。

確かにショックではあるのだが、こんな場所で寝ていた身としてはそこまで深刻には考えられない。コリスはぶんぶんと首を横に振り、やけに思い詰めたセドリックに言い募った。

「あの、私、大丈夫です。無理だなんて思っていません！」

「しかし……」

「違うんです。たぶんアリシアさまは私に呆れてしまわれたのだと思います。きっと…、そうなんです。私が話題の選択を間違ってしまったから」

「話題の選択、ですか？」

「そうです。ちょっと変な話をしてしまいました」

「……本当にそれで済ませていいのですか？」

「もちろんです。ですから、もう忘れてください。たくさん寝たから頭がすっきりして、今日はお世話係としてがんばれそうです！」

コリスは努めて明るく振る舞った。

最低限の補償がどんなものかは知らない。

だが、こんなことで家に戻るなんていくらなんでも馬鹿馬鹿しすぎる。

そもそもお世話係としてまだ何もしていないのだ。がんばると言って皆に見送ってもらったのに、一週間どころか、たった一日で帰るなんてできるわけがなかった。

「わかりました…。では予定どおり、本日からお願いします」

「はいっ、お願いします」

「ともあれ、まずはあなたの部屋に向かいましょう。服などはすべてこちらで用意しましたので、好きなものに着替えてください。その後は屋敷の中を案内しますので、終わったらアリシアさまのもとに参りましょう」

「私の部屋が、あるんですか…？」

「……？　それは当然でしょう。あなたが来るのを待ち望んでいたのですから」

「……ッ」

当然の如く言われた一言に、涙腺《るいせん》が緩みそうになる。

部屋が用意されるなんて当たり前のことなのに、昨日から意気消沈することが多かったせいか、待ち望んでいたという言葉が嬉しかった。

セドリックはそんなコリスに目を細め、転がったままの椅子をさり気なく元に戻すと、部屋の扉を開けて外へ促す。

彼の下でなら、うまくやっていける気がする。

コリスは現金なほど気分が浮上し、自分の部屋に案内されるまでにはすっかり笑顔に戻っていた。

セドリックの手紙には『すべてこちらで用意するので身一つで来てください』と書いてあったのだが、それでも足りないものはあるだろうと多少の荷造りをしてきた。

しかし、案内された部屋には服も小物もすべて新品が用意されていたうえ、どれもこれもセンスのよさを窺わせる素敵なものばかりだった。

「わぁっ、ドレスがこんなに！」

コリスはクローゼットを開けて思わず声を上げた。

いくつものドレスが掛けられてあり、迷いながらもその中から若草色のドレスを選び、今まで着ていたものをさっと脱ぎ捨てる。ドレス一つでここまで気分が変わるものとは思いもせず、知らず知らずのうちに鼻歌を歌っていた。

「私じゃないみたい……っ」

着替えを終えると、コリスは姿見の前で目を輝かせる。

今まで着ていたドレスだってよそ行きで品は悪くはないと思っていたが、触り心地からしてまったく違う。驚くほどの軽い着心地にも感心させられた。おまけに、姿見に映った自分もかわいくなった気がして、浮かれるあまりに姿見の前でくるりと一回りしていた。

コリスはこのまま部屋の中を探索したくてうずうずしてしまう。

けれど、セドリックを待たせているのでそうもいかない。急いで廊下に戻ると、似合っていると褒められてまた笑顔になった。

その後は用意された朝食を楽しんでから屋敷を案内してもらい、行く先々でここで働いている人たちとも挨拶を交わし、弾んだ気持ちが続いた。

使用人の数は驚くほど少なかったが、考えてみれば王女一人のための屋敷なのだから大所帯である必要はないのだろう。皆優しそうな人ばかりで、「一緒にがんばろうね」と温かな声をかけてもらったのが何よりの励みになった。

だが、ひととおり屋敷を回ってアリシアの部屋へ向かう段になると、コリスの足取りは重くなっていく。初日の出来事はやはり強烈で、心弾ませた状態ではいられなかった。

だからといって、引きずったままではいられない。

あれが王女なりの挨拶なのだと強引に納得し、今は余計なことは考えずにやるべきことをやろうと気を引き締めた。

「――アリシアさま、おはようございます」

セドリックは扉をノックし、間を置いてから部屋に足を踏み入れる。

彼のあとを追いかけてコリスも中へ入り、ドキドキしながら部屋の様子を窺った。

白地に植物の模様が繰り返し描かれたダマスク柄の壁紙。やや上のほうにある窓から降り注ぐ陽の光がシャンデリアに反射して煌《きら》めく様子に目を引かれる。窓際に置かれた藍色のソファと椅子、壁側にある大きな銀のテーブルの上に積まれた箱にも意識が移った。

――これがアリシアさまのお部屋？

コリスはぐるっと部屋を見回し、首を傾げる。

王女の部屋にしてはずいぶん殺風景に思えた。

文句をつけたいわけではないが、家具の色使いに華やかさが感じられない。テーブルの上に積まれた箱だってどうして片付けずにいるのかわからなかったし、これが本当にアリシアの部屋なのかという驚きのほうが強かった。

しかも、当のアリシアの姿がなぜか見当たらない。

不思議に思っていると、セドリックが小さく息をついてコリスを振り返った。

「……アリシアさまは、まだ就寝中でいらっしゃるようです」

「あ…、そうでしたか……」

「朝が弱い方なので昼過ぎまで姿を見せないことがあるのです……。ここから見て右側と、正面奥に扉があるでしょう。右側が寝室に続く扉で、正面奥はアリシアさま専用の浴室に続いています。干渉を嫌う方なので、よほどのことがない限りは、この二部屋には立ち入らないほうがいいでしょう。それと、起きたばかりはご気分が優れないことが多いので、あまり話しかけないほうがいいかもしれません」

「わ、わかりました」

コリスはセドリックの話にぎこちなく頷く。

説明かと思いきや、どうやら彼は忠告をしてくれているようだ。

基本的にこの部屋以外は入らないほうがいいことと、起きたばかりのアリシアは不機嫌であるということを胸に刻み、ふぅ…と小さく息をつく。てっきりすぐに王女と顔を合わせるものだと身構えていたから、緊張が緩んだみたいだ。

とはいえ、アリシアが起きるまでは何をしていればいいのだろう。

何もせず待っているだけというのはどうも性に合わない。あれこれ余計なことを考えてしまいそうだと思っていると、セドリックがため息交じりに宙を仰いだ。

「しかし、困りましたね。私はこれからまた所用で出かけなければならないのですよ。あなたを一人で置いていけませんし、どうしたものでしょう……」

セドリックはコリスが部屋に置き去りにされたことを気にしてくれているようだった。

自分がいなくなったあとにアリシアが起きてきて、二人きりになったときのことも心配しているのだろう。

それにしても、昨日もアリシアからの頼まれ事で深夜まで外出していたのに、また出かけなければならないというのだから忙しい人だ。

きっと他にもやるべきことはたくさんあるに違いない。そんな人を自分のために引き留めていてはいけないと思い、コリスは彼を心配させないように笑顔を浮かべた。

「私、一人でも平気です」

「え？　いや、ですがそれは……」

「本当に大丈夫です。それよりアリシアさまがお目覚めになるまで、この部屋の掃除をしていてもいいでしょうか。なるべく音を立てないようにします。そうすればアリシアさまを起こさずに済みますし、目が覚めて私がいても初対面ではないので驚かせてしまうことはないと思うんです」

「……」

コリスの提案にセドリックは驚いているようだった。

昨日の今日でそんなことを言い出すとは思わなかったのだろう。彼は意外そうにコリスを見つめていたが、やがて唇をふっと綻ばせた。

「わかりました。では、あなたに任せます」

「はいっ！」

コリスの笑顔にセドリックは目を細めると、気持ちを切り替えた様子でサッと扉を開ける。そのまま廊下の向こうを指差し、こちらを振り返った。

「掃除用具はこの廊下の突きあたりにある小部屋にすべて揃っています。なんでも好きなように使ってください。あぁ、服が汚れるといけないのでエプロンを着用するのも忘れずに……、といっても掃除はほどほどで構いませんからね。ご覧のとおり、物があまりないので掃除のしがいがないでしょうし」

「ふふっ、そうかもしれません」

「それでは私はここで。なるべく早く戻りますね」

「お気をつけて」

笑顔で送り出すと、セドリックは微かに頷いて身を翻す。

足早に去る背筋はぴんと伸び、その様子を見送りながらコリスは胸に手を当てる。

本当はとても不安だったが、彼を困らせるのが嫌で思わず強がってしまった。

けれど、この一週間は適正を見定められる期間でもあるのだ。形式で試用期間を設けているとセドリックは言ったが、お世話係として何一つ役に立たなければお払い箱にされてしまうかもしれない。そう思うと、彼に甘えてはいられなかった。

「うん、がんばろう！」

大きく頷き、コリスは一層気を引き締める。

いくらなんでも、昨日以上のことは起こらないだろう。

楽観的に考えながら教えられた小部屋に向かうと、コリスはエプロンを着けて必要そうな掃除道具をいくつか手に取り、早速アリシアの部屋の掃除に取りかかったのだった。

作業を進めていくなかで、コリスにはいくつか気になることができた。

一つはこの部屋に絨毯が敷かれていないという点。

掃除をするのは楽だが、おそらくこの床は大理石なので、転倒して怪我をする危険があるのではないかと気になった。

もう一つは銀のテーブルに積まれた箱について。

意図してやったわけではないのだが、テーブルを拭くために箱を床に置こうとしたときに転びそうになってしまった。その際に箱が開いてしまい、何通もの手紙と贈り物と思われる品々がしまわれてあるのを目にしたが、それらはなぜか一つも封を開けた形跡がなかったのだ。

そして、それらのことに疑問を抱いているうちに、さらに一つ、気になることができた。

我ながら今さらすぎる疑問だが、王女の他のお世話係はどこにいるのだろうかと思ったのだ。

——まさか、王女のお世話係が本当に私一人なんてことはないわよね。

いくらなんでもそれはないだろう。

悶々としていると、不意にカチャ…と扉の開く音がした。

ハッとして顔を向けると同時に、寝室からアリシアが姿を見せたのだった。

「……あぁ、いたの」

「おっ、おはようございます……っ」

「……」

アリシアは頷きもせず、コリスを一瞥《いちべつ》するとソファに腰掛ける。

起きたばかりで機嫌が悪いのかと警戒したが、素っ気ないだけで特にそんな様子はなさそうだった。というのも、アリシアがすでに寝間着から深い青のドレスに着替えを済ませていて、少し前から起きていたことが窺い知れたからだ。

彼女が起きたら着替えを手伝う気でいたのに、一人で済ませてしまったことがなんだか残念だった。

「……みず」

じっと様子を窺っていると、アリシアが呟く。

「え？」

「……」

「……あっ！　水！　喉が渇いたんですね、少しお待ちください！」

意味がわからずコリスはきょとんと首を傾げていたが、一拍遅れてそれが要求だと気づき、慌てて部屋を飛び出す。

言葉が少ないから理解するのに時間がかかってしまう。いきなりこんな調子で大丈夫だろうかとまた不安が頭をもたげたが、余計なことは考えずにいようと思い直し、いったん立ち止まって深呼吸をした。

ところが、何度か大きく息を吸ったあとのことだ。

「……あら？　あれはなに？」

何かがキラリと光ったのが視界の隅に映り、コリスは何気なく目を移す。落とし物だろうか。先ほど掃除用具を取りに廊下を往復したときには気づかなかった。

「ブレスレット？」

何気なくそれを手に取り、思わず目を見開く。

それは虹《にじ》色の石が連なった、なんとも美しいブレスレットだった。

こんなに綺麗な宝石は見たことがない。落ちていた場所を考えると、アリシアが落としたのかもしれない。だが、直接渡すのは失礼な気もする。あとでセドリックに渡せばいいだろうか。

「あっ、アリシアさまのお水…ッ！」

コリスはハッと思いだし、ブレスレットをエプロンのポケットに入れると、先ほどセドリックに案内してもらった厨房に駆け込んだ。

料理人たちは食事の準備中で忙しそうだったが、コリスの必死な形相を見るなりクスクスと笑い、水差しの場所や飲み水の場所を教えてくれた。

それらをワゴンに乗せ、彼らに何度もお礼を言って部屋に戻る途中で自分が大股で歩いていることに気づいたものの、急いでいるから仕方ないとそのままの勢いで戻った。

「お待たせしました…ッ！」

息を弾ませながら戻ると、アリシアは感情の籠もらぬ目でコリスを流し見る。

しかし、コリスはいちいち気にするのが面倒になり、笑顔で彼女に近づくと、水差しの水をコップに移して手渡した。

アリシアは直接手渡しされるとは思っていなかったようで一瞬躊躇する様子を見せたが、諦めたように息をついてコリスからコップを受け取る。

その際に僅かに手が触れ、彼女が薄いレースの手袋をしていることに気づく。思い返してみると昨日もしていたので、もしかしたら寒がりなのかもしれない。

――それにしても、何度見ても綺麗な人……。

やや伏し目がちにコップに口をつけるアリシアの動きにコリスは釘付けになってしまう。

金色の長い睫毛《まつげ》、高い鼻梁《びりょう》、真っ白な肌。

癖のないまっすぐなブロンドの髪は腰まであり、こく…と彼女が水を飲み込むのと同時に、肩から胸元にサラサラと流れ落ちる様子にさえ目を奪われた。

「……なに？」

「えっ、あ…っ、いえなんでも！」

食い入るように見ていたからか、じろっと睨まれてしまう。

あんまり見過ぎて不快に思わせたのかもしれない。

コリスはふるふると首を横に振り、慌ててアリシアから距離を取った。

「あ、そうだわ。おまえに頼もうと思っていたことがあるのだけど」

「はいっ、なんでしょうか」

ふと、アリシアは思いだしたように顔を上げる。

コリスはやっと仕事を任せてもらえると喜んだが、それは予想外の頼みごとだった。

「その箱を捨てておいてくれる？」

「……え？」

「持ってこなくていいと言っているのに、セドリックは一応目を通せとうるさいの。放っておいたら、そこに積み上がってしまったのよ」

アリシアは眉を寄せてため息をつく。

だが、コリスはその言葉に応じることができなかった。

彼女が言っているのは銀のテーブルに積み上げられた箱のことで、コリスはその中身がなんであるかを知っていたからだ。

「……あの…、捨てるって……どうしてですか？」

「おかしな質問をするのね。要らないという以外にどんな理由があるというの？」

「でっ、でもあの中には……っ！　あ…、すみません。実は掃除をしているときに箱の蓋が開いて中が少し見えてしまったんです。それで、あの積み上がった箱にはアリシアさま宛てと思われる恋文や贈り物が入っていたようだったので……」

「それがどうかしたの？」

「その…、気持ちが込められたものだと思いますし、処分…するにしても、やっぱり一度くらいは目を通していただいたほうが……」

恋文も贈り物も、彼女には要らないものなのかもしれない。

だとしても誰かの想いが詰まっているものに対して、ずいぶん簡単に捨てろと言われた気がしてやるせない。セドリックと同じことを言っているだけなのだろうが、少しでも考えを変えてくれたらと、コリスは躊躇いがちに考えを口にした。

「……何を言うかと思えば」

しかし、アリシアは意に介さない。

彼女は積み上がった箱を一瞥すると、冷たい口調でコリスを突き放した。

「おまえは私の命令に従うためにここに来たのでしょう？　意見など求めていないのだから黙ってあれを捨ててきなさい」

「……ッ」

低い声でぴしゃりと命じられ、コリスはびくっと肩を震わせる。

そんなひどい言い方をしなくても……。

冷たい眼差しからは蔑みと拒絶を感じた。

アリシアにとって自分はその程度の存在だと突きつけられたようで泣きたい気持ちになったが、コリスはそれをぐっと堪えて銀のテーブルに積まれた箱を抱える。捨てるかどうかはともかくとして、ひとまずこの部屋から運び出そうと思った。

「ねぇ、その前に温かい飲み物を用意してくれる？　水が冷たすぎて身体が凍えてしまいそう」

「……っ、……はい」

コリスが扉の前まで箱を運ぶ姿を目で追っているにもかかわらず、アリシアは平然と違う要求をしてくる。

水をほしがったのは彼女なのに、持ってきたことを咎められているみたいだ。

別にそういう意図はないのかもしれないのに、なんだか嫌な捉え方をしてしまう。

――このままではだめだわ。

落ち込みかける気持ちを立て直すため、コリスは深呼吸をする。

前向きなところがいいと褒めてくれた父の言葉を思いだし、とにかく今は言われたことをやらなくてはと頭を切り替えることにした。

まず温かい飲み物を用意して、箱はそのあとで運び出そう。

コリスは銀のテーブルに箱を戻し、ふぅ…と息をついた。

「あ…」

そのとき、エプロンのポケットからキラリと光るものが出ているのに気づいた。

動き回っていたからだ。先ほど拾ったブレスレットが落ちそうになっていたので、コリスはそれをもう一度ポケットの中にしまおうとした。

「――ねぇ、今何をそこに忍ばせたの？」

「え？」

直後、アリシアに声をかけられる。

振り返ると、アリシアはいつの間にかコリスの背後に立っていた。

「……ッ？　あ、の……？」

「今、ポケットに入れたものを見せなさい」

「え？　あ…、あぁ、これのことでしょうか？」

ポケットを指差され、コリスは頷く。

不穏な空気を感じたが、理由が思いつかないままポケットからブレスレットを取り出した。

しかし、アリシアはブレスレットを目にするなり息を呑む。

「おまえ…ッ！」

見る間に怒りの形相へと変わったことにコリスがぽかんとしていると、アリシアは間近に近づき腕を振り上げた。

「いた…ッ!?」

パン……ッ、と乾いた音が部屋に響き、コリスは突然の痛みに悲鳴を上げる。

彼女はコリスの手を思いきり叩《たた》いたのだ。

同時にブレスレットは宙を舞い、弧を描いて床に落ちる。大理石とぶつかり合う無機質な音が響いたが、あまりの衝撃に拾いに行く余裕はなかった。

「え…？」

コリスは呆然と自分の手に視線を落とす。

どうして叩かれたのか、なぜアリシアが怖い顔をしているのかもわからなかった。

「それは私が昨日なくしたもの……。まさかおまえが盗んでいたとは」

「えっ!?　ちっ、違います！」

「黙りなさい！　この期に及んで言い訳をするというの!?」

「……っ」

ただならぬ怒気を向けられ、コリスの頭は真っ白になる。

何が起こっているの？　私が盗んだってどうして？

落とし物だと思ったから、あとでセドリックに渡そうと思ってポケットにしまっていただけだ。盗んだわけじゃない。

そう言いたいのに、どうしてか声が出ない。

金色の瞳に強く射貫かれると、金縛りにあったように身体が硬直して反論一つできなかった。

「たった一人の世話係がおまえのような娘だなんて、私も馬鹿にされたものだ……っ！」

アリシアは吐き捨てるように言い、床に落ちたブレスレットを拾い上げる。

コリスは固まって動けない。

足音が遠ざかり、パタンと扉が閉まる音がしてアリシアが部屋から出て行ったことに気づいても、しばらく棒立ちのままだった。

しんと静まり返った部屋。

コリスの震えた息だけが微かに響く。

やがてふらふらと足をふらつかせ、コリスはぺたんと床にへたり込んだ。

腰が抜けて立ち上がれない。あんなふうに誰かに怒られたのは生まれて初めてだった。

——どうしよう。とんでもない勘違いをされてしまった……。

ややあって何が起こったのかに気づいたが、頭の中がぐちゃぐちゃだ。

何をしても、なぜか悪い方向に転がっていくばかりだった。

「……あ。お世話係は…、私だけだったのね……」

最後のアリシアの言葉がようやく頭に届き、掠《かす》れた声で呟く。

そのことが重くのしかかり、コリスは項垂れた。

これからどうやってアリシアと接していけばいいのだろう。

誤解を解けばなんとかなるのか、それ以前に今後コリスの話を聞いてくれるのかさえわからず、しばし途方に暮れてその場から動けなかった——。

第二章

緑豊かな森に囲まれ、広大な敷地の中に建つ大きな屋敷。

初めてこの屋敷を目にしたときは圧倒されたが、同時に自分には静かすぎると思った。

さぁ…っと少し冷たい風が吹き抜け、木々がざわめく音がする。庭先でぼんやりしていたコリスはぶるっと震え、近場にあった雑草をブチブチと抜いていく。

誰に頼まれたわけでもなかったが、もう三十分近くはそうしていた。

「――お父さま、私、そろそろ家に戻ることになりそう」

コリスはか細く呟き、盛大なため息をつく。

ここに来て今日で六日になる。

手紙を書くように母に散々言われたのに、まだ一度も出せていない。それなりにうまくやれていたら何通でも出せただろうが、今は何も書けそうになかった。

アリシアを怒らせて以降、空回りの日々が繰り返されるだけだったのだから……。

「そんなところで何をしているのですか？」

ブチブチとひたすら雑草を抜いていると、後ろから声を掛けられた。

振り向くと、セドリックがこちらに近づいてくるところだった。

彼は両手に草花を抱えていたが、飾るにしては華やかさが欠けている。彼も雑草をむしっていたのだろうかと頭の片隅で考えた。

「私は草むしりを……。セドリックさまはそれを摘《つ》んでいらっしゃったのですか？」

「えぇ、アリシアさまに頼まれたもので」

「それをですか？」

「もちろん飾るためではありませんよ」

訝しく思って見ていたので、考えが読まれてしまったみたいだ。

セドリックはくすりと笑って周囲の景色に目を細めながらコリスの隣に立った。

「……それより、またアリシアさまと何かありましたか？」

「あ…、いえ。セドリックさまにブレスレットの件の誤解を解いてもらってからは、特に目立った失敗はしていないと思います。あのときはありがとうございました」

「私は当然のことをしたまでです。あなたこそ、あのような嫌疑を掛けられて悔しかったでしょう。あのときのことは私も後悔しているのです。やはりアリシアさまが起きるまで出かけるべきではありませんでした」

「そんな……、一人で平気だと言ったのは私ですから」

コリスは力なく首を横に振り、ため息をつく。

ブレスレットを盗んだと勘違いされ、アリシアに激しく責められたあのときのことは思いだすだけで辛い。

だが、その容疑をセドリックが晴らしてくれたのは大きな救いだった。

あの日、彼は用事を済ませると真っ先にアリシアの部屋に戻ってきたが、へたり込むコリスを目にしてすぐに異変を感じ取ったらしい。コリスから詳細を聞きだすとアリシアのもとに向かい、あっという間に誤解を解いてくれたのだ。

『アリシアさま、冷静にお考えください。ブレスレットを失くしたのは昨日のことなのでしょう？　彼女はアリシアさまに放っておかれて朝までずっと談話室で待っていたのですよ。ここに来たばかりで屋敷の中を案内されてもいないのに、どうしてアリシアさまの部屋からブレスレットを盗みだせるのですか？　彼女はアリシアさまの飲み水を取りに行く際に廊下で拾ったと申しております。誰かの落とし物だと思い、あとで私に渡すためにエプロンにしまったそうです。アリシアさまがどこを探したかは存じ上げませんが、少なくともアリシアさまの部屋にはなかったのではないですか？　もしそうなら、拾ったという彼女の話に嘘があるとは思えませんが』

セドリックの言葉は思いのほか強くて驚かされた。

けれど、そのおかげでアリシアも自分の発言の矛盾に気づいたのだと思う。特に反論することなく『そういえば部屋にはなかったわ』とあっさり納得し、悶々とした気持ちは残ったものの、その話はそれで終わったのだった。

ところが、アリシアはその日からコリスと目も合わせてくれなくなった。

相変わらず着替えは手伝わせてくれず、飲み物を渡しても口もつけてくれない。

それでも何かすることはないかと探していると、アリシアは煩わしげに息をついて寝室に籠もってしまい、それから何時間も出てこなくなるということが何度もあった。

ここに来て明日で一週間。試用期間も終わるというのに、アリシアとコリスの関係が改善する兆《きざ》しはまったくなかった。

「私、アリシアさまにずいぶんと嫌われてしまったみたいです。さっきも顔を合わせた途端、浴室に入ってしまってずっと出てこないんです……。きっと私の顔を見るのも嫌なんだと思います」

「コリスさん……」

「明日で一週間になるのに、私、お世話係としてまったく役に立てませんでした。大見栄きって家を出てきたのに情けないです。もしかしたら、アリシアさまとお友達になれるかもなんて……、馬鹿な夢も見たりして……」

コリスは俯《うつむ》き、ため息をつく。

気持ちが沈んで、このまま地面にめり込んでいきそうだった。

ここに来るときは半分本気で現実になるかもしれないと思っていたのだから、自分の見通しの甘さにつくづく辟易《へきえき》してしまう。

「……コリスさんはそんな気持ちでここへ来てくれたのですね」

「すみません」

「なぜ謝るのですか？」

「だって王女さまに対して、私なんかがお友達だなんて」

「そうですか？　悪くない考えだと思いますよ」

「セドリックさま……」

「ですが…、このまま居てほしいと望むのはやはり酷なのでしょうね。今まで来た方は王女に仕えたことで得られる周囲の評価にしか興味がないようでしたので、そんなふうに前向きな気持ちで来てくれたと知ればますます残念でなりません」

セドリックは僅かに目を伏せ、寂しそうに微笑む。

コリスは別に自分から辞めたいとは言っていないのだが、そういう流れになっていることに首を傾げつつ、しばし彼の横顔をぼんやり見上げていた。

しかし、程なく「ん？」と首を捻り、今の彼の言葉を胸の中で反芻《はんすう》する。

——今まで来た方……？

聞き違いだろうか。なんだか妙なことを耳にした気がして、コリスはおそるおそる問いかけた。

「あの…、今まで来た方っていうのは……」

「あぁ、そういえば言っていませんでしたね。本当は、あなたの前にお世話係として来た方が、この半年間で十人以上いたのですよ」

「……ッ、え…ッ、えぇッ!?」

コリスは素っ頓狂《とんきょう》な声を上げ、パチパチと目を瞬く。

すぐには話を呑み込めなかったが、お世話係を募集する話が来たのが、ちょうど半年前だったことを思いだす。

その半年後に突然送られてきたセドリックの手紙。

考えてみれば確かにおかしかった。

父も初めは疑問に思っていたようだし、コリスも多少は不思議に思っていた。

けれど『選考に時間がかかった』という手紙の内容に、王女の傍に置くのだから慎重になるのは当然だと漠然と納得して、あまり深く考えなかったのだ。

まさかその理由が、半年間で十人以上ものお世話係が入れ替わり立ち替わりしていたからだ、などと思うわけもなかった。

「これまで来た方たちは皆アリシアさまのきつい性格に堪えられず、一週間どころか三日と持ちませんでした。来たその日に辞めていった方もいます。最初の方がすぐに辞めてから、私も慎重に選んできたつもりだったのですが、それでもだめでした。……黙っていたこと、本当に申し訳なく思います。新しく入った方にそんなことを話せば怯《おび》えさせるだけだと、これまで伏せていました。もちろん、こちらの都合と言われれば返す言葉もありません。王族に仕えるとなると、そう易々《やすやす》と自分の気持ちを口に出せないだろうと思い、せめてもの気持ちから試用期間を設けたのですが……」

「……っ」

コリスは言葉を失う。

自分に声がかかった理由にそんな裏があったとは、さすがに思いもしなかった。お世話係として自分が一番長く勤めているという事実にもなんとも複雑な気持ちにさせられた。

もちろん、コリスだって下心もなくここに来たわけではない。

アリシアと友人になりたいと思っていたのは本当だが、ここで働くことで得られるさまざまな恩恵に釣られたのも事実だ。ただしそれは大好きな家族の役に立ちたいという想いが根底にあったからで、そうでなければとっくに逃げ帰っていた可能性はある。

実際会ってみて、アリシアは想像とはかなり違っていた。

美しい容姿とは裏腹に、そんな言い方をしなくてもという言葉の数々で傷つけられることは何度もあったし、堪えられずに辞めていった人たちの気持ちも理解できなくはない。

『どうせすぐにいなくなるのに、私が名を覚える価値がおまえにあるの？』

何よりも、アリシアがコリスを見て開口一番に発したあの言葉が、初めから受け入れるつもりがなかったものだとわかって悲しかった。

――アリシアさまは、どうして誰も彼も拒絶するの？

こんな場所に一人でいて寂しくないわけがないと思うのに、彼女はセドリックにさえ心を許している様子がない。

そんなのおかしい。これでは自ら孤独を選んでいるようなものだった。

「では、私は中に戻ります。そろそろ日が落ちる頃ですから、ほどほどにして休んでください。今後のことは明日、改めて話しましょう。……あなたが家に戻ると言っても悪いようにはしないので安心してください」

「はい…。――あっ、セドリックさま、その花、私がアリシアさまに渡しておきます」

「え？　これをですか？」

「今日中にもう一度アリシアさまのところに伺うつもりだったんです」

突然の申し出にセドリックは少し驚いたようだった。

彼はコリスがもう続けられないと判断したから本当のことを打ち明けたのだろう。

意外に思っているのはわかるし、コリスだってすごくもやもやしている。

それでも何かが引っかかるのだ。

アリシアの顔をもう一度よく見たかった。びくびくするばかりで、ひどいことを言うときの彼女の表情を、今までまともに見ていなかった気がする。

「……では…、お願いします」

少し強引に花を引き取ると、セドリックは躊躇いがちに頷く。

迷う様子を見せながらも、それ以上は何も言わずに去っていく彼の背中を黙って見送ると、ぐるっと辺りの景色に目を移した。

聞こえるのは風が木々を撫でる音と、時折響く鳥のさえずり。

人の声のしない静かすぎる屋敷。

ここに来たとき、自分の家とはあまりにも違う様子に驚いた。そして、アリシアの寂しさを少しでも癒やしたいと考えていたのだ。

そのことを今の今まですっかり忘れていた。

たぶん、明日までに自分たちの関係が改善することはないだろう。

だとしても、せめて今日だけはお世話係としてできる限り努力してみようと思った。

アリシアが誰も彼も拒絶するのは、もしかしたら何か大きな理由があってのことではないかと、そんなふうに思えてならなかったのだ――。

＋　＋　＋

その後、コリスはすぐにアリシアの部屋へ向かった。

しかし、ノックして部屋に入っても彼女の姿はない。誰もいないのかと思うほどの静けさだが、基本的にアリシアはあまり部屋から出ることがなく、驚くほど音を立てずに過ごすので、寝室か浴室のどちらかにいる可能性のほうが高い。

コリスは右側と正面奥の扉を見比べ、寝室に続く右の扉にそろそろと近づいた。

自分がこの部屋を出て一時間は経っているので、さすがに浴室にはいないと思ったのだ。

「アリシアさま、あの…、セドリックさまからお花を預かってきたのですが」

コリスは扉をノックし、声を掛けて中の様子を窺う。

けれど、返事もなければ中で人が動く気配もしない。

どうしたものだろう。寝室に入ることを禁じられてはいないが、怒られる気がして今まで開けたことがなかった。

「アリシアさま、す、少しだけ…、開けていいですか……？」

所在を確認するために、ほんの少し開けてもいいだろうか。

緊張でだんだんとひそひそ声になりながらも、コリスはおそるおそるドアノブに手をかける。

ノブを回すとカチャ…という音がしたので、鍵はかかっていないようだと思いながらゆっくり扉を開こうとした。そのとき、

――ドボン…ッ！

「……えっ？」

何かが水に落下したときのような音が、突如コリスの耳朶を打った。

ドアノブからぱっと手を離して反射的に振り向く。なんとなく窓に目を向けると、いつの間に降っていたのか雨粒が窓を叩いていた。

この屋敷の周りは堀になっていて、池に囲まれている。

まさか誰かが落ちたのではと思い、コリスは慌てて窓辺に駆け寄って外を覗いたが、人影らしきものは見当たらなかった。

それでは、一体何の音だったのだろう。

よくよく思いだしてみると、もっと近くから聞こえたようにも感じた。

「もしかして……」

ふと、脳裏にある考えが浮かび、コリスは正面奥にある扉に目を向ける。

その先はアリシア専用の浴室だ。

この辺りは天然の湯が出ることもあって、彼女は毎日のように浴室に向かう。

きっと湯浴みが楽しみの一つなのだろう。そう思ったコリスは最初の頃、身体を洗うなど手伝いが必要かと思ったが、あっさり断られてしまい、中を確認したことは一度もない。

だが、いくら湯浴みが好きでも、長湯をすればのぼせてしまうのでは……。

「大変…ッ！　アリシアさま、一時間以上も浴室にいたんだわ！」

コリスは慌てて駆けだし、躊躇することなく正面奥の扉を開ける。

先ほどの音は、ふらついたアリシアが湯に落下した水音に違いない。短い通路を抜けてその先にあった扉も開き、脱衣所らしき小部屋に足を踏み入れた。

「アリシアさまッ、大丈夫ですか!?　アリシアさま…ッ！」

脱衣所にはさらに奥へ続く扉があった。

この先が浴室だと確信したコリスは扉に駆け寄り大声で呼びかける。

しかし、一向に返事はなく、異常を感じて中に飛び込む。とにかく助けなくてはと無我夢中だった。

「アリシアさま……ッ！」

驚くほど広い浴室。こんなところまで床が大理石でできている。

つるっと滑りそうになるのを堪えながら辺りに目を凝らすと、湯煙《ゆけむり》の向こうにある巨大な浴槽《よくそう》の中で人影らしきものが動いたことに気づいて息を呑む。

まだ湯の中にいるのだ。

コリスは蒼白になって、その人影に向かって走り出そうとした。

「——…来る…な」

その直後、弱々しいアリシアの拒絶が耳に届く。

揺れる人影が、浴槽の中でもがくように動いていた。

どうやら予感が当たったらしい。幸いにも気を失ってはいないようだが、その様子からアリシアがのぼせて湯船に落下したのは間違いなさそうだった。

「アリシアさま…ッ!?」

「……いいから…、来るな……」

こんな状況で人の助けを拒絶するなんてどうかしている。

少しくらい頼ってくれてもいいじゃないか。

「いやです！」

「……っ」

腹立ち紛れに答え、返答を待たずにコリスはずんずんと人影に近づく。

バシャ…とお湯が波打つ音がしてアリシアの動揺が伝わったが、その場から動く様子はなかった。

もしかしたら、結構危険な状態なのかもしれない。

この人は一人で動けもしないのにどうして強がるのだろう。

さらに腹立ちを感じていると、コリスは浴槽の端にもたれかかっていたアリシアを見つける。躊躇うことなく湯の中に入り、背後から抱きつく体勢で彼女を湯船から引き上げようとした。

「……んんんっ」

けれど、予想以上の重さで、うっかり足が滑りそうになる。

国王の屋敷だからといって、これ見よがしに大理石なんて使うからいけないのだと、そんなところにまで腹を立てながらもなんとかその場で踏ん張った。

そのうちに、アリシアもコリスの動きに協力して浴槽に手をかける。ここまでされては、さすがに観念したのだろう。そのまま二人で呼吸を合わせると、なんとかアリシアの身体を浴槽から引きずり出すことができたのだった。

「はあっ、はあっ、はあっ！」

「……はッ、はあッ」

浴室に響く二人の荒い呼吸。

手に触れるアリシアの身体は熱の塊のようだ。

休んでいる場合ではない。涼しい場所に運んで水を飲ませなくてはと頭を働かせ、コリスは息つく間もなく彼女の腰に腕を回した。

「私の肩に腕を回して立ってください！　脱衣所までがんばりましょう！」

「……っ」

アリシアは何も答えない。

その代わり、コリスの肩に自ら腕を回す。

ようやく頼ってくれたとホッとして、彼女の身体を支えながら一歩ずつ進んでいく。何度もふらついたものの、やっとの思いで脱衣所に辿り着いた。

「はぁっ、はあっ、アリシアさま…ッ、大丈夫、ですか……ッ!?」

「……っ、……ッ」

脱衣所に足を踏み入れるなり、二人ともその場にへたり込む。

乱れた息を整えながら問いかけるが、アリシアは苦しげに肩を上下させるだけだった。

近くにいるだけで身体から熱が放たれているのがわかる。コリスは心配になってその身体にもう一度手を伸ばしたが、不意に違和感を覚えて眉をひそめた。

——なんだか、やけに身体が固いような……。

浴槽から引き上げたときも、脱衣所までの道のりも無我夢中で気づかなかったが、アリシアの身体は女性にしてはやけに骨張っているような気がする。

変な言い方だが、肉も固い。

それは母や姉に抱きついたときの柔らかさとは明らかに違うもので、どちらかというと父や兄に抱きついたときの感覚に近かった。

「……？」

そういえば、いつもはある立派な胸の膨《ふく》らみはどこだろう。

なぜか視界に入ってこないことを不思議に思い、コリスはできるだけさり気ない素振りで視線を動かしてみた。

「あ…ッ!?」

びくっと身体を震わせ、コリスは小さな声を上げる。

──真っ平ら！

見間違いかと目を凝らすも、平坦な胸が上下する様子しか映らない。

そこで、ふと感じた視線に顔を上げる。じっと見られていたことに気づいて、慌てて後ろに飛び退いた。

「あ、あ…ッ」

コリスは口をぱくぱくさせて言葉にならない声を上げていた。

飛び退いたことでアリシアの全身が視界に入り、さらなる衝撃を受けたからだ。

濡れた金髪が真っ平らな胸にかかり、雫《しずく》がぽたぽたと滴って座り込む彼女の太股にこぼれ落ちていく。コリスはその雫を目で追いかけ、何気なく彼女の下半身に視線を移したところで固まってしまった。

「……あぁ、面倒なことになった」

アリシアは息を乱しながら低く呟く。

けれど、そんな呟きに反応する余裕などコリスにはない。

「え…、えぇ…っ、ええええーっ⁉」

しばしの後、驚きと戸惑いが入り交じった叫びが浴室にこだまする。

アリシアには胸の膨らみがないどころか、まったく隠す気のないその下半身には、あるはずのないものがついていたのだった。

＋　＋　＋

それからどれくらいの時間が経ったのか。

いつの間にかコリスはアリシアの部屋で椅子に座っていた。

アリシアはガウンを羽織《はお》っただけで、すぐ近くのソファに座って長い足を投げ出している。

そんな姿を見ても、いまだに理解が追いつかない。

いつ呼んだのか、傍らにはセドリックが立っていて、アリシアは彼から渡された水を飲んでは火照った身体を鎮めているようだった。

「――セドリック、どうしてくれる。あれほど世話係など要らないと言ったのに、おまえがしつこく連れてくるからこうなったのだ」

「そうは言いますが、世話係の一人も置かない王女など聞いたことがありません。それに、この件に関してはアリシアさまが悪いのですよ。のぼせるほど長湯をするなど……」

「責任転嫁をするなッ！　おまえがすべて悪いに決まっているだろう!?」

「責任転嫁は今のアリシアさまでしょうに……」

アリシアとセドリックは延々《えんえん》と同じ口論を繰り返している。

いっぽうで、話についていけないコリスはすっかり置いてけぼりだった。

「なんにしても、知られたからには彼女をこのまま帰すわけにはいかないでしょう」

「なんだと？」

「アリシアさま、ご決断を」

「な…ッ!?」

セドリックの言葉に、アリシアは一瞬目を剝《む》いた。

だが、言い返そうにも言葉が見つからなかったようで、苦々しい表情でゴクゴク水を飲むと、じろりとコリスを睨む。

「……っ」

コリスはビクつき、訳もわからず小さくなる。

別に自分だって見たくて見たわけではない。都で噂になるほどの美女が男だなんて誰が想像できるものかと思ったが、それを口にする勇気は持ち合わせていなかった。

「……あぁ、わかった！」

程なくして、アリシアは諦めたように頷く。

セドリックは大仰《おおぎょう》に頷き、コリスに目を向けた。

どうやら考えがまとまったようだが、コリスにはまだ話が見えていない。

「コリスさん」

「は、はい…」

「明日以降も、よろしくお願いしますね」

「……っ」

にっこり笑うセドリック。

けれど、その目はまったく笑っていない。

有無を言わさぬ雰囲気にごくんと唾《つば》を飲み込む。

かくして、コリスがアリシアのもとでお世話係として正式に働くことが、半ば強制的に決まったのだった——。

第三章

アリシアのもとへ来て今日で一週間。

いつもより少し早起きをしたコリスは、小鳥のさえずりを聞きながら家族に宛てて手紙を書いていた。

昨日知った衝撃の事実については、正直言って心の整理がついていない。

それでも、正式にここで働くと決まったことで、ようやく家族に報告できると胸を撫で下ろす自分がいるのも確かだった。

「――…慣れないことはたくさんあるけれど、なんとかアリシアさまのもとでがんばっていけそうです。……っと、おわり！」

家族に宛てた手紙なんて初めてで、なんだか新鮮な気持ちだ。

たいした内容ではないが、コリスは書き上げたばかりの手紙を広げ、ニコニコしながらそれを封筒に入れた。

「あっ、そろそろ朝食の時間だわ」

何度か書き直したから思いのほか時間が経ってしまった。

コリスは部屋にある柱時計を見てサッと立ち上がる。ここの使用人は各自の部屋で食事を済ませるのが基本なのだが、運ばれてくるわけではないので、決められた時間に自ら取りに行かねばならないのだ。

コリスは書き上げたばかりの手紙を持ち、慌てて部屋を出た。

「おはようございます」

「え？　あっ、おはようございます。セドリックさま」

部屋を出た途端、いきなり声をかけられる。

見れば部屋の向かいの壁の前にセドリックが佇《たたず》んでいて、コリスが挨拶を返すと同時に近づいてきた。

「あ、あの、何か…？」

彼は観察するような眼差しでコリスを見ていた。

何の用だろう。まさか、外で見張っていたわけでもないと思うが……。

「その手に持っているものは？」

「手…？　あ、あぁ…、これは家族宛ての手紙です。そういえば、こういうものは誰に頼めばいいんでしょうか？」

「私が預かりましょう」

「えっ、いいんですか？　ではお願いします」

セドリックがこんなことまでやっているとは思わなかった。

少し意外に思いながら、コリスは何の気なしに持っていた封書を渡す。

だが、それを受け取るや否や、彼は思わぬ行動に出た。閉じたばかりの封を開けると、断りもなくコリスの手紙を読み始めたのだ。

「あっ、えっ⁉　あの、何してるんですか…っ⁉」

「今後外部とのやりとりが発生する場合は、すべて私の目を通してからとさせていただきます」

「どうしてそんな……、あっ、私がアリシアさまのことを誰かに伝えるとでも？」

「不本意でしょうが、ご協力ください。万が一にも秘密を外へ漏らすわけにはいかないのです。問題がなければ私が責任を持って届ける手配をいたします」

「……っ」

セドリックは事務的に言いながら、素早く文章を目で追っていく。

その眼差しは、この一週間では見せたことのない鋭さだった。

部屋の前にいたのは、こういったことに目を光らせるためだったのか。

コリスだってあれが大変な秘密だということは理解しているし、誰かに知らせようだなんて思っていない。現に、家族へは簡単な近況報告しか書いていなかった。

とはいえ、会って一週間程度の者をそう簡単に信用できないのも当然の話だ。

複雑な気持ちは拭えないが、知らない場所で見られるよりは、こうして堂々と目の前で見ているだけいいのだろうと自分を納得させるほかなかった。

結局、手紙の内容に問題はなく、今日中に届ける手配をしてくれることとなり、コリスはその後、いつもどおりに朝食を済ませてからアリシアの部屋に向かっていた。

「——今日もテーブルの上は恋文と贈り物の山ね」

部屋に入ると、テーブルに積み上げられた箱が真っ先に目に入る。

今日はコリスが抱えられる大きさの箱が三つだ。

初めはずっと放置していたから箱が積み上がったのだと思っていた。

だが、実際は毎日のようにかなりの数の贈り物がアリシア宛てに届くので、その都度部屋に持ってきても、すぐに別の場所に移動させざるを得なくなってしまう。

しかも、アリシアはこれらに無関心だから、礼状を書くのはもっぱらコリスの仕事だ。

これまではセドリックが書いていたようなので、もしや彼の丁寧な手紙に想いを募らせた結果がこの贈り物の山なのでは…などと密かに勘ぐったりもした。

何はともあれ、アリシアの正体を知った今となっては、『捨てておいて』と冷たく言い放った気持ちもわからなくはない。同性から熱烈な恋文や贈り物をもらっても、少しも喜べなかっただろうから。

「さて、片付けなくちゃ」

少々心苦しいが、放っておけば最初にここに来たときのように、さらに積み上がってしまう。コリスは腕まくりをして、一箱ずつ別の部屋へと移動させた。

高価な贈り物については、しばらくしたらまとめて教会に寄付することになっている。お礼の手紙は午後に書くことにしているので後回しだ。部屋の隅々までほうきで掃き、床がピカピカになるまで動きを止めることなく雑巾《ぞうきん》がけをした。

「はぁっ、はぁ…っ、私、ここに来てから、ものすごく体力がついた気がするわ」

実家にいたときは見ているだけだったが掃除には体力が必要だった。

特に拭き掃除は全身を使う。部屋中ピカピカにしたあとは、いつも息が上がってしまっていた。

「……そういえばアリシアさま、まだ起きてこないわ。今日は特別遅いみたい」

少し息が落ち着いたところで、コリスはふと思う。

いくら朝が弱いといっても、もう昼に近い時間だ。

昨日まではコリスが部屋に来て三十分もすれば寝室から出てきていた。

さすがに今日は遅すぎる。このままでは用意した食事も片付かない。アリシアは自分の行動が人にどのような影響を及ぼすのか考えたことがあるのだろうか。

——コン、コン。

コリスは寝室の前に立ち、おもむろにノックをした。

けれど、反応は一向に返ってこない。

起きるまでおとなしく待つべきか、その場で数秒ほど悩んだ末にコリスはドアノブに手をかける。少し勇気がいったが、主人を起こすのもお世話係の務めだと言い聞かせた。

「アリシアさま、おはようございます」

声を掛けながら扉を開け、コリスは寝室に入る。

柔らかな陽の光が差し込み、花のような甘く芳しい香りがふわりと漂う部屋。

窓が少し開いているのか、白いレースのカーテンが微かに揺れている。

真っ先に目を引いたのは壁際に置かれた巨大な書棚と、そこに並んだ分厚い書物の数々だった。

コリスは引き寄せられるように書棚の前に立ち、感嘆の息を漏らす。

アリシアはこれらをすべて読んだのだろうか。

「……植物、花…、薬草の本…。アリシアさまはこういうものがお好きなのね」

並んでいるのは植物関連の書物がほとんどだ。

書棚を見ればその人が何に興味があるのかわかるというが、まさに一目瞭然だ。少々意外だったが、植物に関心があるとわかっただけで今後の話題作りの参考になる。

「あら？　こっちの棚は何かしら？　瓶《びん》がいっぱい並んでる」

壁際の書棚を眺めていると、その横に別の棚があることに気づく。

ガラス越しに見えるのは隙間なく並んだいくつもの瓶だ。

その中には刻んだ葉のようなものが詰め込まれていたり、得体の知れない黒っぽい液体が入っていたりと方向性が今ひとつ見えない。

眺めているだけで答えが見つかるはずもなく、コリスはふと部屋の中央に置かれた天蓋付きのベッドを振り返る。目的はアリシアを起こすことだったと思いだし、静かにベッドに近づき、天蓋の布をそっと捲《まく》った。

「アリシアさ……」

声掛けの途中で、コリスはすぐに口を閉ざす。寝乱れて肌を晒したアリシアのあられもない姿が目に飛び込んできたからだ。

「……う、……ん……」

天蓋の布を捲ったことで多少の光を感じたのだろう。彼は僅かに顔をしかめて不満げな声を出したが、すぐにすぅすぅと気持ちよさそうな寝息に戻った。

——なんて無防備な寝姿なの……。

コリスは起こすのも忘れ、眠るアリシアを食い入るように見つめてしまう。

ガウンの胸元は大きくはだけ、脚も太股辺りまで捲《めく》れて素肌が見えてしまっていた。当然だが胸に膨らみはなく、ほどほどについた胸筋が息をするたびに上下している。あまり目立たないが喉仏も普通にあり、投げ出した手もそれなりに骨張っていた。

昨日、彼の全裸を見たばかりなのに、『本当に男の人だったのか』と改めて驚いている自分に気がつく。

だが、思い返してみると、アリシアはいつも首元が見えづらい服を着ていたし、常にレースの手袋をしていた。

低めな声に違和感を抱かなかったのは、中性的な美しい顔立ちから発せられる少し掠れたそれが、却って妙な色気を感じさせるからだ。それでも女性にしてはかなり背が高く、時折見せる眼光の鋭さには何度も驚かされた。

今アリシアは十八歳だ。

年齢的なことを考えると、女性と偽るのが難しくなってきているのかもしれない。

――だけど、どうして女性と偽る必要があるのかしら……？

「……ん」

今さらすぎる疑問にコリスが首を捻っていると、アリシアが小さな声を上げた。

瞼が微かに動いて金色の睫毛がふるふると震えている。

もう起きるのだろうか。

そう思って彼の顔をじっと覗き込んでいると、うっすらと瞼が開き、琥珀色の瞳がコリスを捉えた。

「……、……おまえのような図々しい娘は初めてだよ」

一瞬アリシアの眼差しには動揺が見えたが、相手がコリスと気づくや否や、呆れた様子で囁《ささや》く。

「あっ、あっ!?　違うんですっ、すみません！」

言われて初めて間近で見ていたことに気がつき、コリスは慌てて彼から離れる。

けれど、アリシアはため息をつくだけで特に怒ってはいないようだ。声をかけたとはいえ、返事もないまま寝室に入ったことを責められると思っていたので意外だった。

「今、何時だ？」

「あっ、えと…っ、そろそろお昼を回ります」

「……どうりでよく寝たと思った。こんなに遅いのは久しぶりだ」

「え、久しぶり……？」

「少し気が抜けた。私のことを男だと知っている相手に警戒する必要はないからな」

「あ…」

その言葉でコリスはなんとなく理解した。

朝が弱いと聞いていたのに、これまでコリスが部屋に来て三十分もしないうちにアリシアが必ず起きてきたのは、警戒して早起きをしていたからなのだ。

寝室から出てくるときはいつも服を着替えた状態だったので、自分が来る前に身支度を整えていたのだろう。着替えを手伝わせれば男だとばれてしまうから、なんとしても人の手を借りるわけにはいかなかったのだ。

「私、ずっと嫌われて拒絶されたものと思っていました」

「そんな感情を抱くほど、私はおまえを知らないじゃないか」

「う…、そうですよね」

「まぁしかし、今までの者たちより警戒はしていた。これまでは大抵三日以内で追い返せていたのに、おまえはまったく懲りなかった。いくら無視しても紅茶だ水だとあれこれ持ってくるし、天気が良いだの悪いだのと些細《ささい》な話で私に構う。まさか六日も粘られるとは思わなかった。そのせいで寝不足になって、湯浴みの途中でつい居眠りをしてしまったのだから……」

アリシアは長い髪を掻き上げ、ため息をつく。

癖のない髪がサラサラと肩からこぼれ落ちる様子を目で追いかけながら、コリスは『そういうことだったのね』と、苦笑を浮かべた。自分が来たことで彼がそんなに気を張っていたとは思わなかった。

「でも…、私も昨日までは、もう続けられない気がしていました。一週間の試用期間が設けられていたので、アリシアさまから出て行けと言われたらそこで終わりだって……」

「試用期間？　それは初耳だ。セドリックのやつ、そんなことは言わなかったぞ」

「そうなんですか？」

「……惜しかったな、あと一日の辛抱だったのか。……だが、もうすぎたことだ。仕方ない。おまえも諦めてしばらくは傍にいろ」

「はっ、はいっ」

アリシアは意外にさっぱりした性格なのかもしれない。

すでに過去のことと割り切っているらしく、もう警戒は必要ないとばかりにベッドに腰掛け、ガウンを脱ぎ出す。

「アリシアさま…ッ!?」

「着替えをするから服を取ってくれ。そこに掛かっている」

「えっ!?　ははは い…ッ」

一層あらわになる肌。細身だけれど、ちゃんと男の人の身体だ。

下着はつけていたのでそこは安心したが、堂々と脱がれても目のやり場に困る。そのうえ、しゃべり方が昨日までと違うから、なんだか男性と話しているみたいだ。

——あっ、男の人だったわ。

どうにもまだ混乱が収まっていない。

コリスは顔を真っ赤にしてわたわたと衣装がけに向かい、指示されるままドレスを抱えた。よく見ると胸のところにたっぷり綿が詰まっていたので、あの豊かな膨らみにはこんなからくりがあったのかと納得しながら彼のもとに戻った。

「どうぞ!　あっ、あの、アリシアさま…っ」

「なんだ」

「寝るときはネグリジェじゃないんですね！」

「……なんだそれは。寝るときまで女の恰好などしていられるか。昨日までのことを言っているなら、わからなくはないが」

「昨日の話はしてないです」

「じゃあなんだ？　私が好きで女の恰好をしていると言うのか？」

「違う…、んですか？」

「……なぜそう思った」

「え、そういう趣味なのかと……」

「……っ」

躊躇いながらも思っていたことを素直に言うと、アリシアは唖然とした様子で顔を引きつらせた。

女性の恰好は好きでしているが、贈り物に興味を示さないことからして男性が好きなわけではないと勝手に結論づけていたのだが、この反応を見るにどうやら違っていたらしい。

自分の理解を遥《はる》かに超えた出来事だったので、深く考えることを放棄《ほうき》していた部分もあるにはあったが……。

「おまえ、相当鈍いだろう……。私が世間に王女と認識されていることは、おまえの中ではどう結論づけたんだ？　趣味で片付けられるわけないだろうが」

「えっ、あ…ッ!?」

「一晩経っても、そこに思い至らないとは驚いた」

「そ…っ、ですよね…っ！　あれ？　じゃあ、どうして……？　どうしてアリシアさまは王女に？　え？　え…？」

ようやく自分の思い違いに気づいたが、余計に訳がわからなくなる。

もちろん、アリシアの言っていることはわかるのだ。世間に王女と認識されているということは、すなわち国王がアリシアを娘だと公表したからに他ならない。

だとしても、なぜ王女と偽らなければならないのか、そこがまったくもってわからない。

「……私が女でいないと都合が悪いのだろうな」

困惑するコリスを横目に、アリシアは着替えながらぽつりと呟く。

「え……」

コリスはますます意味がわからず困惑した。

一体誰にとって都合が悪いというのだろう。国王と王妃との間に生まれた最初の男児が第一王子として育てられることの何が問題だというのか。

しかし、そこまで考えてコリスは首を捻った。

アリシアには一つ下の弟・クロード王子がいるが、彼のほうは王子として普通に扱われていることに大きな矛盾を感じたからだ。

「——まさか…、アリシアさまは陛下と王妃さまの子じゃない、とか……?」

ふと頭を過ぎった疑問を、コリスは考えもなしに口にしてしまう。

静かな眼差しにぶつかり、そこでようやく自分がとんでもないことを口走ったことに気づいて慌てた。

「わっ、私、なんてことを……ッ、すみませんッ、本当にすみません…ッ！」

コリスは考えなしの発言を急いで謝罪したが、アリシアがそれを責めることはなかった。

彼はすっと立ち上がって手慣れた仕草で背中のボタンを留める。そのままゆっくりと天蓋のベッドから離れ、窓の外を眩《まぶ》しげに見つめた。

「私ほど、この国に必要のない存在はいないだろう……」

「……ッ」

寂しい背中、儚《はかな》げな横顔。

消え入りそうな声音に、コリスはドキッとした。

アリシアは明確に言葉にしたわけではないが、『陛下と王妃さまの子じゃない』という
コリスの言葉を肯定したとしか思えない反応だった。

どうしよう。思いつきでこんな大変なことを当ててしまった。

動揺していると、それに気づいたアリシアは皮肉な笑いを浮かべた。

「少しおしゃべりがすぎた」

その諦めきった表情に、ぐっと胸が詰まる。

なぜ彼が王女として生きなければならないのだろう。

なぜ一人でこんな寂しい場所に追いやられなければならないのだろう。

たとえ複雑な事情があるにせよ、コリスにはとても理解できそうにない。

だってこんなのはおかしい。生まれてはいけない存在だったと、彼自身が思っているようだった。

「……ふ…、…う…っ」

知らず知らずのうちにコリスの視界は涙で滲んでいた。

アリシアはそれを不思議そうに見ている。

コリスは募る切なさを堪えきれず、顔をぐしゃぐしゃにしながらアリシアに近づくと、彼の手をそっと握って自分の額に押しつけた。

「アリシアさま…ッ、そんなのひどいです……ッ！」

「……ッ？　……ッ⁉」

驚き、びくつく様子が手のひらから伝わってくる。

父も母も知らない。幼い頃からこの屋敷で一人きり。

彼はこれまで、誰かに温もりを与えてもらったことはあるのだろうか。

想像するだけで寂しさが募っていく。コリスはその手をしっかりと摑んだままアリシアを見上げ、さらに近づこうとした。

「なっ、何をする、この無礼者……ッ！」

だが、僅かに近づいた途端、コリスはすぐさま突き飛ばされてしまう。

「あ…っ⁉」

やや強い力だったことと突然の怒声で驚いたのが重なり、よろめいて床に尻餅をついてしまった。

びっくりして見上げると、アリシアは顔を引きつらせて後ずさっていく。

なんて失礼なことをしたのだろう。感情が高ぶるままに行動してしまったことにハッとして、コリスは今さらながら己の軽率さに慌てた。

「すっ、すみませ…――」

「おまえ…っ、せっ、世話係の分際で……っ！　誰が手を握れと言った!?　余計なことをするなっ！」

「はい…ッ」

アリシアは声を荒らげ、さらに後ずさる。

だが余程動転していたのだろうか。後ずさった拍子に傍にあった椅子に足を引っかけ、彼もまたその場に尻餅をついてしまったのだ。

「アリシアさまッ、大丈夫ですか！」

「……〜ッ、くっ、来るな…ッ！　私は床に座りたかったんだ！」

「ええっ!?」

「うるさいっ、おまえは自分の仕事に戻れ！」

アリシアは声を上げると勢いよく立ち上がる。

その勢いのまま書棚の横の棚からいくつかの瓶と鉢《はち》状の皿を取り出し、まるでコリスから逃げるように、ものすごい速さで寝室から飛び出したのだった。

「……アリシア、さま？」

一人残されたコリスはぽかんとして開けっ放しの扉を見つめる。

床に座りたかっただなんて、あんな反論はきっと子供でもしない。

そのせいで、あれほど強く言われたのに怒られた気がまったくしなかった。

コリスは立ち上がり、アリシアを追いかけて寝室から出る。

色々抱えて出て行ったがアリシアは何をするつもりなのだろう。不思議に思っていると、彼は瓶から取り出した植物の葉をすり鉢で一心不乱に潰し始めたのだった。

「……何をしてるんですか？」

「何って、膏薬《こうやく》作りに決まっている」

「こ、膏薬…ですか？　えーと、その草が薬になるということですか？」

「そうだ」

「なんでそんなものを？」

「そんなものだと？　人の趣味をとやかく言う気か？」

「えっ、趣味!?　ちっ、違います、軽んじるつもりは決して……！」

趣味、これがアリシアさまの趣味だというの？

コリスは目を丸くしてその動きをじっと見つめた。

世の中には変わった趣味があるものだ。薬を作ることを趣味にしている人がいるとは考えもつかなかった。

そういえば、昨日セドリックが持っていた花はアリシアに頼まれたものだった。

飾るにしては華やかさが足りないと思ったが、あれは薬草だったのか。

寝室で見た植物関連の本が並ぶ書棚や得体の知れない数々の瓶の正体がわかり、コリスの頬は途端に緩んでいく。

彼にも好きなことがあってよかった。

生意気だが、コリスは心の中でそんなふうに思ってしまった。

「アリシアさま、私、お手伝いします」

「なに？」

「だめですか？」

「……、……いや…、別に……」

眉を寄せたアリシアは少し動揺しているようだ。

先ほどのような拒絶はしないが、近づくとサッと後ろに下がる。そのまま一定以上コリスと距離が縮まらないようにしながら、彼は少し遠くからすり鉢を指差した。

「粉状になるまで、すり潰すだけだ」

「はいっ、わかりました！」

コリスは大きく頷き、腕まくりをして早速ゴリゴリと葉をすり潰していく。

その間、アリシアが怪訝な眼差しでこちらを見ているのがわかったので、何気なくコリスも見つめ返したところ、驚いた様子で彼はまたサッと後ずさった。

なんて不器用な人だろう。

きっと人との距離の測り方を知らないのだ。

そんな彼の姿に胸の奥がきゅんとするのを密かに感じながら、コリスは初めて彼のことを心の底から知りたいと思ったのだった――。

＋　＋　＋

それから数日後。

コリスはアリシアのもとで比較的平穏な日々を過ごしていた。

彼の趣味を知ったことで会話が増えたのが大きかったのだろう。

薬草や植物のことを質問すると、アリシアは嬉しそうな反応を見せてくれるようになった。あまり近づきすぎるとまだ警戒して離れてしまうが、いずれはそんなこともなくなるのではと、コリスは密かに期待を抱くようになっていた。

「……しまった」

アリシアは寝室にある棚から大きめの瓶を取り出し、ぽつりと呟いた。

今日はこれから膏薬作りをするというので、コリスも手伝いをするために寝室に来ていたのだが、何か問題があったらしい。

彼の後ろで様子を窺っていると、アリシアは残念そうに振り向いた。

「材料が切れていた。今日はセドリックもいないし、これではどうしようもない……」

ため息交じりに言いながら、彼は未練がましく瓶の中を覗いている。

材料となるさまざまな種類の薬草はいつもセドリックが調達してくるのだが、今日は夜まで戻れないと言って先ほど外出したばかりだった。

けれど、息をつく姿はどことなく寂しげで次第にかわいそうに思えてくる。

コリスはアリシアの趣味をまだ理解できていない部分が多いが、この数日で何度か行った膏薬作りは結構楽しかった。

——もっと色々役に立てたら、アリシアさまと距離を縮められるかもしれない。

彼と一緒に何かをすることで、自分が役に立てていると実感しはじめ、コリスは少し欲張りになっていた。

「アリシアさま、それはどこに生えているのですか？」

「え…？　あぁ、書物には大体どこにでも自生していると書かれてあったな。繁殖力が強いらしい。セドリックは大抵屋敷の周りの森で摘んでくるようだが……」

そう言ってアリシアは書棚を見渡し、一冊の分厚い蔵書を取り出す。

手慣れた仕草でパラパラと紙を捲り、すぐに目的の場所を見つけると詳細なイラストが描かれた頁をコリスに見せてくれた。

「あ、本当だわ、道端にも咲いていると書いてますね。……だったら私でも見つけられるかしら」

「な…ッ、おまえが摘んでくるというのか？」

「はい。間違って別のを摘んできてしまう可能性はありますけど」

「そ、それなら大丈夫だ。確か、前に作った押し花が……」

コリスの言葉にアリシアは目を輝かせる。

左右を見回し、今度は机の上を漁ると、読みかけの本から栞《しおり》を引き抜いてコリスに差し出した。

「これを持っていくといい」

「まぁ、かわいいお花の栞……。これ、アリシアさまが作ったんですか？」

「そうだ。それがどうかしたか？」

「……いえ。ではお預かりしますね。なるべく早く戻るので少しお待ちください」

「ん、わかった」

心なしか唇を綻ばせ、アリシアは頷く。

期待を寄せられているのが嬉しい。彼が作った花の栞もかわいくて、作っているところを想像しただけで自然と笑顔になってしまう。

コリスはアリシア自作の栞を手に、薬草探しに出かけたのだった。


――しかし、それから一時間ほどが経った頃。

コリスは自分の浅はかな言動を少し後悔していた。

意気揚々と森に入り、大木の枝で小鳥がさえずる様子を眺めたり、初めて目にするキノコや変わった形の植物にいちいち感心したりとしばらくは楽しく過ごしていた。

だが、それらしき植物を見つけるまでに一時間も森を彷徨ってしまったのだ。

「……あっ、これ、似てるわ…ッ！」

若干息を弾ませながら歩いていると、探しているものに似た植物が目にとまった。

草丈は膝《ひざ》より少し上くらい。ギザギザの葉に小さな白色の花が固まって咲く姿は蔵書のイラストとそっくりだ。

アリシアが持たせてくれた栞の花と見比べても形は同じだった。

「よかった、見つかった…ッ」

コリスはその場にしゃがみ込み、大きく息をつく。

どこにでも咲いているような話をしていたが、かなり手間取ってしまった。

歩き続けていたから足も少し痛い。

それでもアリシアが待っていると思い、コリスは目の前の薬草を根元から引き抜き、持ってきた籠に入れて立ち上がった。

「早く帰らなくちゃ……、って、私、どっちから来たのかしら？」

しかし、改めて周りを見てコリスは立ち尽くす。

迷わないようにと、なるべくまっすぐ進みながら歩いて来たつもりだが、右を見ても左を見ても似たような景色ばかりだ。薬草を見つけたことで気を抜いてしまい、自分がどこから来たのかわからなくなってしまった。

「えぇと…、確かこれを見つけたとき、こんな角度だったたわ……。とすると、来た道はこっち…、だったはず……」

　コリスはぐるぐると考えを巡らせて懸命に思いだす。

　頼れるものは、頭の中の『薬草を見つけたときの映像』しかない。

　幸い、風で草が揺れる様子や、その傍に立つ木を自分がどの角度で見ていたのか覚えている。何度も確認しておおよその方向を導き出すと、コリスは呼吸を整え、屋敷に戻るべく歩き出した。

　けれども、不安は増す一方だった。

　今はまだ木漏れ日が差しているが、あとどれくらいで着くのか見当もつかない。そもそも、この方向で本当に合っているのかと、悪い考えが頭の中を駆け巡っていた。

　来るときは考えもしなかったが、下手をすればここで夜を迎える可能性があるかもしれない。

　コリスは顔を強ばらせて歩みを速めた。

　明るいうちにこの森を抜けなければと必死だった。

　ところが、そのとき、突然どこからか人の声が聞こえてくる。

「——…だから前々から思ってたんだ。あそこは警備が薄いんじゃないかって」

　コリスは立ち止まり、きょろきょろと周囲を見回す。

　この辺りに詳しい人なら、屋敷までの道のりを教えてくれるかもしれないと思った。

「まぁ、辺鄙《へんぴ》な場所だしな。確かにいけるかもしれない」

「だろ？　とりあえず、今日は様子を窺うだけでも……」

声はどんどん近づいてくる。

耳をそばだてると、ガサガサと草を踏む足音が聞こえたので、コリスは斜め後ろを振り返った。

「……ん、なんだ？」

と同時に、二人の男が姿を現した。

彼らはコリスを目にするや否や、驚いた様子で顔を見合わせている。

しかし、コリスのほうは彼らを目にした途端、サッと後ろに下がっていた。

現れたのは無精髭《ぶしょうひげ》を伸ばし、どことなく粗暴な雰囲気が漂う二人の若い男だ。

元は白かったであろうシャツはくすみ、膝の部分の布はすり切れている。お世辞にも綺麗な服装とは言えなかった。

裕福ではなくとも、コリスは貴族の娘だ。

人を見た目で判断したくはないが、こういう人と対面したのは初めてで、少し怖くなってしまったのだ。

「なんで女がこんな場所に一人で……」

「他に誰か連れてるんじゃないのか？」

彼らはコリスをじろじろ見ながら、周囲にも目を向けている。

二人からすれば、こんな場所にいる自分も充分怪しいに違いない。

このまま黙っていればますます怪しまれると思い、コリスは意を決して彼らに話しかけることにした。

「あの…っ、つかぬことを伺ってもよろしいでしょうか」

「……？」

「近くに大きな屋敷があるはずなのですが、もしおわかりでしたら大体の方角を教えていただけませんか？　初めてこの森に入ったもので、道に迷ったのではと不安になっていたところだったんです」

「あぁ、そういうこと」

「そうなんです。このままここをまっすぐ行くつもりだったのですけど……」

自分が進もうとした方向を指差し、コリスは彼らに目を移す。

二人はまだ周りを気にする様子を見せていたが、数秒ほど経ってからコリスに向き直り、満面の笑みを浮かべた。

「それは大変だったな。俺たちもそんなに詳しいわけじゃないが、あんたが言ってるのはアリシア王女の屋敷のこと…、だよな？　それなら、場所はあっちで合ってるはずだ。とはいえ、そろそろ暗くなる。女一人では心細いだろうし、俺たちが屋敷まで一緒に行ってやろうか？」

「えっ!?　い、いえ…っ、初めてお会いした方たちにそこまでしていただくわけには……、方角がわかっただけで充分ですから……っ」

「……そうか？」

「はい、本当にありがとうございました」

コリスは小さく頭を下げ、なんとか笑顔を作って身を翻す。

二人は笑顔で手を振ってくれていた。

親切に道を教えてくれて、優しい言葉もかけてくれた。

けれど、どうしてか顔が強ばってしまう。

コリスはあの人たちが怖かった。

笑顔を浮かべていたのに、目は笑っていないように思えたのだ。

知らず知らずのうちに早足になり、コリスはその場から急いで離れようとしていた。

「……ッ」

不意に背後でガサッと音がする。

コリスは肩をびくつかせたが、止まることなく歩き続けた。

あれは風が葉を撫でた音だ。

薄暗くなってきたから少し心細くなっただけだ。

きっとそうだと言い聞かせて、ひたすら大股で進んだ。

だが、背後で聞こえた音は、次第にガサガサと草を踏み分けるものへと変わっていく。

明らかな人の気配を感じ、コリスは堪らず振り向こうとした。

「きゃあ…ッ!?」

次の瞬間、コリスの悲鳴が森にこだまする。

先ほどの男たちがいきなり現れ、羽交い締めにされてしまったのだ。

「おい、絶対に逃がすな！　こんな上玉、滅多に見られるもんじゃねぇ！」

「わかってるって」

「いやぁー…ッ、ん…っ、んん――っ！」

男たちの上ずった声。

コリスの悲鳴は手で塞がれ、くぐもった声に変わった。

耳元で聞こえる荒い息が気持ち悪い。背後の男のもう片方の手はコリスの胸をまさぐり、強引にその場に押し倒そうとしている。彼らの目的など聞くまでもなかった。

「んんっ、んんー…ッ！」

必死で暴れるが力の差はあまりにも大きい。

相手はコリスの動きを封じる後ろの男だけではないのだ。

すぐ傍でにやにやと笑って見ている男と目が合い、背筋が凍る。その直後、男は背後の男に目配せで合図を送り、コリスはその場に押し倒されてしまった。

「いやっ、誰か、誰か…ッ！」

「かぁわいい声…。たまんねぇなぁ。見ろよ、このきめ細かい肌。なんでこんな場所に迷い込んだかは知らねぇが、王女の屋敷に用があるってんだから俺たちには到底手の届かない家柄の娘だな」

「ってことは、貴族の娘か？」

「こんな綺麗な服、普通の町娘が着られると思うか？」

「すげぇ…ッ！　おまえに付き合ってここまで来てよかった。

「王女の屋敷に忍び込むよりよっぽど興奮する。あぁ、早く裸に剝いちまおう。これが上等なメスの匂いかぁ……」

男たちはギラギラした目でコリスを見下ろし、息を荒らげている。

屋敷に忍び込むなどという物騒な話に顔を引きつらせたが、問い詰める余裕などありはしない。男は抵抗をものともせず、コリスの胸元に強引に手を突っ込むと、そのまま力ずくで服を引きちぎったのだった。

「やああー…ッ！」

ビリッと布が裂ける音がして、コリスは悲鳴を上げる。

途端に首筋に顔が近づき、ぬめった舌で肌を直接舐められた。

きつく吸われ、ぞわぞわと全身を粟立たせていると、もう一人の男に足首を摑まれる。そのまま両脚を大きく広げられ、スカートを捲った男は何の躊躇もなくドロワーズに手を掛けた。

おぞましさで血の気が引いていく。

どこの誰かもわからない男たちに犯されるなんて絶対に嫌だ。

だけど、逃げるにはどうすればいい。

叫んだところで、ここは森の中だ。来るときだって誰にも会わなかった。

人を当てにしてどうする。自分でどうにかしなければと必死にもがき、コリスはなりふり構わず握り締めた土を男に向かって投げつけた。

「うわ…ッ!?　いてぇっ!」

その直後、のしかかっていた男が目を覆って大きく仰け反った。

ドロワーズに手をかけていた男も異変に気づき、「どうした!?」と言って仰け反る男の身体を支えている。

——今だ…ッ。

二人の気が同時に逸れたのを見逃さず、コリスはまた土を握り、彼らの顔目がけて投げつけた。

「い…ッ、いてぇ…ッ!　目に……ッ」

もう一人にも命中し、二人の拘束が緩んだ隙に身を起こす。

逃げる気配を察した男に捕まりそうになったが、コリスは持っていた籠から飛び出した薬草でその顔を強く叩き、怯んだ隙にその場から全速力で駆けだした。

「まっ、まて…ッ」

「いてぇ、目がイテェッ!」

「おい、逃げちまう!　追いかけるぞ!」

よろめきながらも男たちは追いかけてくる。

コリスは後ろを振り返ることなく、ただひたすらに走った。

恐怖に震え、足がもつれそうになったが、絶対に止まってはならないと強く言い聞かせ、懸命に足を動かした。

いつしか、追いかける足音も気配も消えていた。

それでもコリスは無我夢中で走り、森を抜けて開けた場所に出るまで足を止めなかった。

「はあっ、はぁ…ッ、はあ…ッ」

そして、ようやく辿り着いたアリシアの屋敷の前で、激しく息を弾ませて立ち尽くす。

すっかり日が暮れて辺りは真っ暗だ。

屋敷は相変わらず静まり返っていたが、ところどころに見える灯りが人の気配を感じさせた。

「……薬草、届けなきゃ……。遅く…、なっちゃ……た」

コリスはしばしその場で動かずにいたが、やがて思いだしたように歩き出す。

強く握ったままの一本の薬草を手に、ふらふらとアリシアの部屋に戻ったのだった――。

＋　＋　＋

「――その姿は一体…、何があったのですか!?」

部屋に戻ると、そこにはセドリックもいた。

どうやら、戻るのが夜になると言っていた彼より遅くなってしまったみたいだ。

アリシアもセドリックも、コリスの姿を見て驚いている。蒼白な顔でセドリックが近づき腕を伸ばしかけたが、コリスはびくっと肩を揺らして後ずさった。

「いや……っ！」

「コリスさん？」

「……あ、ごめんなさ……」

セドリックは何もしていないのに、拒絶をしてしまった。

けれど、触れられそうになるだけで怖い。

あの男たちの手を思いだしてしまう。

コリスは破かれてはだけた胸元をぎゅっと押さえ、一刻も早くこの場から立ち去ろうと声を絞り出した。

「屋敷に…、忍び込もうとしていた二人組がいました……。警備を強化したほうがよいと思います……」

「まさか、その二人に……？」

「……ッ」

思いだしたくなくて、コリスは強く目を瞑る。

なんとか気持ちを落ち着かせようと小刻みな呼吸を繰り返し、やがてコリスはふらふらとアリシアに近づいていく。

彼は呆然とした様子でコリスを見ていた。

その視線に居たたまれなくなって目を逸らし、持っていた薬草を彼に差し出す。

たくさん摘んで籠に入れてきたのに、残ったのはこの一本だけだ。強く握っていたから茎は折れ、走っているうちに花も取れてなくなってしまった。

「ごめんなさい。途中で落としてしまって、これしか……。栞も…、なくしてしまいました……。ごめんなさい……」

「コリス……」

薬草を渡し、コリスはアリシアに頭を下げる。

沈黙が怖い。

何かを聞かれる前に、この場から去りたかった。

「今日は…、もう休みます。歩きすぎて、少し疲れてしまいました……」

そう言ってコリスは身を翻し、アリシアの返事を待たずに部屋を飛び出した。

なぜこんな姿のままでアリシアのもとに戻ったのだろう。激しく後悔しながら薄暗い廊下をひた走り、人の気配を避けながら自室に戻った。

「……はあっ、はあ…ッ、はあ……」

扉を閉めると、真っ暗な部屋に自分の荒い呼吸だけが響く。

途端に全身がガタガタと震えだし、急いでベッドに潜り込む。毛布を頭から被り、己の身体を抱きしめて襲いかかる恐怖に堪え忍んだ。

太い腕。欲望剝き出しの眼差し。

生まれて初めて男の人が怖いと思った。

あのまま逃げられずにいたらどうなっていたのか、想像するのも恐ろしかった。

コリスの震えは一向に止まらない。

それでも疲労は極限に達していた。

徐々に意識を保てなくなり、いつしか気を失うように眠りに就いていた。


「――うぅ……、うう…ん…っ」

追いかける足音。羽交い締めにする腕。

眠りに落ちてからどれほど経ったのか、恐怖は夢の中でまでコリスを苦しめ続けていた。

ところが、ある瞬間を境に、コリスの意識がふっと夢から抜け出した。

遠くのほうからひたひたと歩く足音がして、パタンと扉が閉まる音が響いたからだ。

それは隣の部屋が閉まった音のようでもあり、自分の部屋の扉だったようにも感じられたが、不思議と警戒心が働くことはなかった。

「……コリス…、どうしたコリス」

少しハスキーな低い声。

ゆさゆさと身体を揺すられ、コリスはぴくんと瞼を震わせる。

「コリス！」

「――ッ!?」

間近で声をかけられ、ハッとしてコリスは毛布から顔を出す。

燭台に火が灯っているのか、部屋が少し明るい。

すぐ傍に人の気配を感じて顔を向けると、微かに首を傾げたアリシアと目が合った。彼はなぜかベッドの傍に椅子を置き、コリスを覗き込んでいた。

「アリシア、さま…？」

「夢見が悪かったのか？　ひどくうなされていた。汗も搔いているようだし、身体を拭いたほうがいい。その服…も……、……着替えたほうがよさそうだ」

「あ…」

アリシアはコリスを見て、一瞬狼狽えた様子で身体をびくつかせた。

服を破かれて胸元がはだけていたことを思いだし、慌てて手で隠すと彼は目を逸らして立ち上がる。部屋を見回しながらクローゼットに向かい、そこからネグリジェを取り出してコリスに渡した。

「ありがとう…ございます」

彼は何をしにやってきたのだろう。

疑問を抱きながらネグリジェを受け取ったが、アリシアの前で着替えることなどできない。

彼はいつもコリスの前でも平気で着替えてしまうからわからないようだ。

ネグリジェを抱えて動かないコリスを、アリシアは不思議そうに見下ろしていた。

「あぁ、そうだ」

しかし、程なく彼は思いだしたように身を翻し、扉のほうへ向かう。

見れば壁際にティーワゴンがある。それをベッドの傍まで押してくると、彼はまた椅子に腰掛けた。

――どういうこと？　ティーセットまであるわ……。

アリシアは手慣れた仕草でティーポットに茶葉を入れ、湯を注いでいく。

ふわっと湯気が立ち、それからしばしの沈黙が訪れた。

アリシアの意図することがわからず様子を窺っていると、彼は湯気の動きをじっと見ながら口を開いた。

「……先ほど、私の部屋におまえが来たとき、あちこち擦りむいているのが見えた。これは怪我に効く薬湯だ。少々湯が冷めてしまったから、成分が出るのに時間がかかるかもしれない。少し置いてから飲むといい」

「え……」

「こ、膏薬も持ってきたから、これも塗り込むといい」

そう言って、アリシアはティーワゴンの下の段からサッと瓶を取り出す。

おそらくそれは、彼の寝室の棚に並ぶ瓶のどれかなのだろう。

じっと見ていると、アリシアは改めてコリスに目を向ける。

コリスは、淹れた薬湯も、渡した膏薬にも手をつけていなかった。その様子にアリシアは眉を寄せ、抱えたままのネグリジェに目を移すと、やや躊躇いがちにコリスに手を伸ばそうとした。

「……っ」

その動きに、コリスは反射的にびくついてしまう。

すると、アリシアはぴたりと動きを止める。自分の手に目を落として考え込む彼の姿に、コリスはハッとした。

「あ…、私…、すっ、すみません…ッ！」

アリシアにまで過敏な反応をしてしまった。

慌てて謝罪すると、彼は「あぁ、そうか……」と呟き、自嘲気味に首を横に振った。

「そんなふうに謝らなくていい。おまえは悪くない。私が一言、声をかけるべきだった」

いつもとは違う優しい声音。

怒っていないのだろうか。顔を上げると、彼はコリスの目線に合わせるように少しだけ屈んだ。

「いきなり近づいたから驚いたのだな」

「……は、い」

「気遣いが足りなかった。手当てをしようと思ったのだ」

「アリシアさまが…、ですか？」

「あぁ、私のせいでこうなったのだからな」

「え…」

「だから、少しだけ触れさせてほしい。……だめか？」

そう言って、アリシアは自分の手を開いて首を傾げた。

優しい顔。彼はそのために来てくれたのか。

それなのに、なんて馬鹿な反応をしてしまったのだろう。コリスは唇を震わせ、涙が出そうになるのを堪えながら「お願いします…」と小さく頷いた。

「……服も身体も…、ずいぶん汚れてしまったな。胸元も破けてひどい有様だ」

「で、でも…私、寸前で逃げました。土を投げつけて逃げたんです」

「そうか……。よくそんな機転が利いたな」

彼はコリスの言葉に頷き、目を細める。

柔らかな眼差しで褒められ、のしかかっていた重い気持ちが少しだけ軽くなった。

やっと安全な場所に帰ってきた実感が湧き、肩の力がすうっと抜けていく。

ほぅっと息をつくと、アリシアはコリスの背中に腕を伸ばして、自然な動きで服のボタンに手をかけた。

「……え？　あ、あの、アリシアさま？」

「このままでは手当てができないのだ。……その、……み、見ないように…、ちゃんと顔を背けておくから心配するな」

「えっ、あの…、あ…っ！」

どうやら彼はコリスの服を脱がそうとしているようだった。

言ったとおりに顔を背けて目を瞑っているが、予想もしない行動でコリスは慌ててしまう。

けれど、彼に下心がないことも、これが善意だというのもわかるから、下手に拒絶はできない。

あれこれ言葉を探している間にも背中のボタンは外されていく。

女性の服の扱いに慣れているからだろう。彼は目を瞑っているはずなのに、実にてきぱきとした無駄のない動きで、見る間にコリスの服を脱がしてしまったのだ。

「……っ」

部屋にしばしの沈黙が訪れる。

コリスは毛布で前を隠して俯いていた。

「痛かったら、言ってくれ……」

しかし、程なくアリシアが掠れた声でその沈黙を破った。

彼は顔を背けた状態で、ティーワゴンの下の段から布を取り出していた。

そのままコリスの汚れた肌を拭き始めたが、その動きは少しぎこちなくて、彼の緊張が伝わってくるようだった。

コリスはアリシアの横顔をさり気なく見つめる。

こんなことをされているのに、なぜか嫌悪感がないのが不思議だった。

男たちに襲われた恐怖も蘇ってこない。

それどころか、こちらを見ないように顔を背け、懸命に背中や腕を拭いてくれる姿に胸の奥が温かくなっていく。

彼はあちこち土がついて汚れた肌を労るように拭き、背中に膏薬を塗り終えると、ホッとした様子でネグリジェを着せてくれた。普段は近づくと離れていってしまうのに、自らコリスに触れ、気づかなかった小さな擦り傷にまで丁寧に膏薬を塗り込んでくれた。

「――私は…、大変なことを頼んでしまったのだな……」

やがてアリシアはコリスの指に膏薬を塗りながら、ぽつりと呟く。

それを聞いた途端、コリスの目から涙の粒がポロンと落ちて顎に伝う。

初めて見せた彼の優しさに、我慢していたものが今にも堰を切って溢れ出てしまいそうだった。

「……私には想像力がなかった。おまえが戻る直前、私は帰ってきたセドリックに、コリスに薬草を摘みに行かせたと話したのだ。そうしたら、この辺りに詳しくない者をたった一人で行かせるとは何を考えているのかと責められた。……だが、私にはその意味がわからなかった。いつもセドリックは簡単に持ってくるからわからなかった。道に迷うかもし

れないことも、おまえをこんな目に遭わせることも何一つ想像できなかった」

「……っ」

彼は罪悪感を覚えているのだ。

行くと言い出したのはコリスのほうなのに、頼んだことに責任を感じているのだ。

その想いに触れ、ますます涙が止まらなくなる。心配して部屋に来てくれたことが伝わり、完全に涙腺が崩壊してしまった。

だが、嗚咽《おえつ》を漏らして泣いていると、不意にアリシアは顔を強ばらせ、コリスの首筋を指差した。

「この首の鬱血《うっけつ》も例の二人組にやられたのか？」

「……？　……あ、これは……」

「他に何をされた!?」

顔を覗き込まれ、一瞬頭の中が真っ白になってしまった。

おそらくその痕は、男の一人に組み敷かれたときに首筋を吸われてできたものだ。

コリスは怯えながらも首を横に振る。実際は胸も触られスカートも捲られたが、それを敢えて口にするのは嫌だった。

アリシアはぶるぶると震え出すコリスに躊躇いがちに手を伸ばし、僅かに怒りを孕んだ目で首筋の鬱血を睨むと、ぎゅうっと抱きしめてくれた。

「あ…っ」

「……連中は……、必ず捕まえる。絶対にだ」

思いのほか、力強い腕。

けれど、やはり少しも嫌だと思わなかった。

背中を撫でる手のひらは温かく、首筋に顔を埋めて肌に息がかかっても、不思議とその部分が熱くなるだけだった。

「おまえが誰かに傷つけられるのは無性に腹立たしい……」

そう言って、彼は時折首筋の鬱血の痕に唇を掠める。

彼はどんなつもりでそんなことをしているのだろう。

そんなふうに感情を吐き出す彼を見るのも初めてで、自分のために怒ってくれているのだと思うと胸の奥が熱く震えた。

アリシアと目が合い、僅かに顔が近づく。

まっすぐな眼差しから目を逸らせない。

急激に鼓動が速まり、顔が熱くなる。このまま互いの唇が触れてしまうのではないかと思った。

「もう眠るといい。疲れているのだろう？」

「……え」

しかし、アリシアはすっと離れて、ベッドに横になるようにコリスを促す。

ぽかんとしながらも言われるままに横になる。

しばし彼の唇をじっと見ていたが、程なくしてコリスはハッと我に返った。

アリシアにキスをされるのではと、とんだ勘違いをしたことに気づき、真っ赤になって強く目を瞑った。

何を考えているのだろう。馬鹿なことを考えてしまった。

心臓がどくどくと脈打ち、息が上がった。

けれど、それから少しして、コリスの意識は途切れてしまう。

疲労は限界に達していたようで、知らず知らずのうちに眠ってしまったのだ。


「――私にも感情があったのだな……。ボロボロになった薬草を渡されて、胸がとても痛んだ。おまえを行かせなければよかった……」

その夜はもう悪夢にうなされることはなかったが、遠くのほうで彼の囁きを耳にした。

翌朝目覚めると、アリシアはベッドの脇でうつぶせになって眠っていた。あの囁きは夢ではなかったのだと思い、胸がきゅうっと切なくなってしまった――。

第四章

慣れない場所での生活。驚きと戸惑いから始まった日々。

森で男たちに襲われた一件からは二か月近くが経っている。

一週間ほどは気持ちの落ち込む日々が続き、男性に対する恐怖心も拭えず周りの人たちと距離を取っていたコリスだが、時の流れが少しずつ心の傷を癒やし、一か月が経つ頃には、また誰とでも笑顔を交わせるようになっていた。

その中でコリスの心には一つの変化が起こった。

初めて見せたアリシアの優しさに触れて以来、彼を一人の男性として強く意識し始めてしまったことだ。

あれから彼とは特に何もない。

ほぼ一日中一緒にいることもあって前より距離が縮まった気はするが、彼は必要以上に近づくことも変に気遣うこともしない。

強いて挙げれば、日が落ちる前には必ず自室に戻されるようになり、暗い廊下を歩かずに済む配慮をしてくれるようになったことだ。そして一度だけ、「例の二人組は捕まえた。もう忘れろ」と思いだしたように告げられ、それきりあのことが話題に上ることはなく、これまでどおりの日々を過ごせるようになっていった。

「アリシアさま…ッ、どうでしょうか……ッ」

「ん…、もう少しだな。もっと腰を落とすと力が入りやすくなる」

「はぁっ、はぁっ、こっ、こうですか!?」

「あぁ、悪くない。ついでに腹に力を入れてみろ」

「はい…ッ」

二人きりの昼下がり、聞きようによっては誤解を招く会話がアリシアの部屋から響く。

実際はアリシアの指示を受けたコリスが薬草を潰しているだけで、二人の間に色気のある雰囲気はまったくない。

とはいえ、コリスはこのやりとりが結構好きだったりする。

彼と一緒に何かをするのは楽しかったし、その豊富な知識に触れるのも好きだ。

彼は単に植物に詳しいだけではなく、さまざまなものを作り出す発想力まである。

最初は膏薬作りばかりしているのかと思っていたが、手伝ってみるとそればかりではなかった。

八割ほどは膏薬作りの下準備だったが、残りの二割は煎じてお茶にしたり、美容薬や入浴剤などを自作してみたりと、錬金術を見せられているような驚きと興奮でわくわくさせられた。それらのことに感心していると、アリシアは心なしか照れくさそうにして、作ったものをいつもコリスにくれた。

アリシアとの距離は着実に縮まってはいる。

彼はコリスの前では男性的な言葉遣いになり、声も少し低めになって素の表情を見せてくれるようになった。近づきすぎても以前のように避けられることはなくなり、ビクビクしながら接していたときと比べれば格段の進歩と言えた。

——少しだけ、気を許してくれただけだろうけど……。

コリスは作業の手を一旦休めて、少し離れた場所に立つアリシアにちらっと目を向けた。

「なんだ」

「あっ、いえ…っ！」

彼はすぐにその視線に気づき、僅かに目を細める。

コリスはふるふると首を横に振り、前に向き直ってすりこぎを持ち直し、一層細かく薬草をすり潰していく。

気のせいか、この頃アリシアの視線をやけに感じる。

自分が意識しているからだと思うが、こうして顔を向ければ必ず目が合うし、何もしていないときでも目が合うことが多い。別にそれがどうということもないのだが、琥珀色の瞳に見つめられると、なぜか動悸が激しくなって、すりこぎを持つ手が震えてしまうのだ。

「きゃ……っ!?」

と、そのとき、コリスの顔に薬草の汁がべちゃっとかかる。

力を入れすぎたせいで、うっかり手を滑らせ、すり鉢をひっくり返してしまったのだ。

そのままテーブルから落下したすり鉢は、ガシャンと盛大な音を立てて大理石の床で真っ二つに割れてしまった。

「やっ、うそっ、割れちゃった……」

なんたる失態だろうか。

コリスはさらに慌て、今度はテーブルに置かれていた瓶にまで手をひっかける。

すると、ぐらついて倒れた瓶がコロコロと転がって床に落下し、大きな音を立てて割れてしまったのだった。

「触るな……っ！」

咄嗟《とっさ》に割れた瓶に手を伸ばそうとしたが、その手はアリシアの手で払われ、強い口調で阻まれる。

初めは払われた手の痛みで何が起こったかわからなかったが、いつの間にか目の前にしゃがんでいたアリシアに腕を摑まれていた。割れたガラスの破片でコリスが怪我をしないように気遣ってくれているのだ。

「それはあとでセドリックに片付けさせるから放っておいていい。掃除などすぐ終わる。そのために絨毯を敷かずにいるのだからな」

「……あ、床が剝き出しなのはそのためだったんですね」

「そんなことより、こっちへ来い。今はおまえをなんとかするのが先だ」

「あ…っ」

コリスは強引に立たされ、引っ張られる。

彼はそのままコリスの手を引き、浴室へ続く扉を素早く開けた。

そこですり潰した植物の汁が顔にかかったことを思いだし、コリスは摑まれていないほうの手で自分の顔に触れてみる。

頰や鼻、髪までもが濡れていた。ふと身体に目を落とすと、ドレスのあちこちに緑色のシミができていて、かなり派手にやってしまったようだった。

「あの、アリシアさま…っ、私、自分でやりますから……っ」

「いいから動くな」

「でも…っ」

脱衣所を一気に通り過ぎ、見る間に浴室に辿り着く。

アリシアはコリスの汚れを湯で洗い流そうとしてくれているのだ。

そんなことを彼にさせるわけにはいかないと、コリスは浴槽の前で遠慮したが、彼がそれを聞き入れることはなかった。

「少し息を止めて目を閉じていろ」

「はっ、はい」

命じられるまま、コリスは息を止めて目を閉じる。

それを確認してから、アリシアは桶に湯を汲んでコリスの頭の上からざばっとかけた。

「……ッ、んっぷ」

「放っておくと顔が緑になる。しばらく取れないのは嫌だろう？」

「……ッ!?」

「わかったら、少し我慢していろ」

アリシアの言葉にコリスはこくこくと頷く。

顔が緑だなんて嫌すぎる。躊躇する気持ちは残っていたが、コリスはおとなしく彼に身を任せることにした。

「……一応シャボンで洗っておこう。痒《かゆ》みはないか？」

「ん…っ、ないです…っ」

何度もざばざばと大量の湯を顔にかけられたあと、少し間を置いてアリシアの手が頬にふわっと触れた。

どうやら泡立てた石けんで顔を洗ってくれているらしい。

柔らかな手つきが気持ちいい。人に顔を洗ってもらうのがこんなに心地のいいものとは知らず、思わずうっとりしてしまった。

「これくらいで充分だろう。顔も緑にはなっていないぞ。よかったな」

「ありがとうございます…！」

「あとは着替えを……──」

泡もすべて流してもらい、コリスは大きく息をつく。

しかし、その直後、彼は話の途中でなぜか口を閉ざしてしまった。

不思議に思いながらも、コリスは水分を含んだドレスがずっしりと重くなっているのを感じ、自分が全身ずぶ濡れだったことを思いだす。

「アリシアさま……、私、着替えてきます……」

お気に入りのドレスだったのにと肩を落とし、コリスはその場から動こうとした。

このままではいられないので、一旦自分の部屋へ戻ろうと思ったのだ。

「ま、待て……」

「え？」

だが、そんなコリスの腕をアリシアは咄嗟に摑んだ。

少し痛いと思うほどの強い力に驚いていると、彼はやや強ばった表情でコリスを強引に脱衣所まで引っ張っていく。

にもかかわらず、脱衣所につくと、彼は途端にぼんやりと立ち尽くす。

なんだか様子がおかしい。

「あっ、あの……、アリシアさま……？」

「……あ、あぁ…、少しここで待っていろ」

顔を覗き込むと彼はハッとした様子で後ろに下がり、それだけ言い残して自室へ戻ってしまった。

突然どうしてしまったのだろう。

「くしゅん…ッ」

小さなくしゃみをして、コリスは開けっ放しの扉をそっと覗いた。

濡れた服が身体に張り付いて気持ちが悪い。徐々に全身が冷えていくのを感じながら、ぶるっと身を震わせた。

そのうちに足音が聞こえてきてアリシアが姿を現す。

彼はなぜかとても慌てた様子だった。煩わしげにスカートの裾を捲り、白く長い脚が剥き出しになるのも気にせず、身体を拭く布とガウンを抱えて駆け戻ってきた。

「これを使うといい」

「ありがとうございます…っ」

彼はわざわざこれを持ってきてくれたのだ。

笑顔で礼を言うと、アリシアはまた僅かに顔を強ばらせる。

彼の様子はやはり少し変に思えたが、このままでは風邪を引いてしまう。

コリスは彼から布とガウンを受け取り、ひとまず先に着替えを済ませることにした。

「あ…の…、アリシアさま……?」

ところが、アリシアはその場から一歩も動こうとしない。

声をかけても微動だにしなかった。

そこで不意に、彼の視線が同じ場所ばかりを彷徨っていることに気づく。

コリスの胸の辺りをうろうろしているようだった。

「あ…っ」

改めて自分の姿に目を落としてコリスは青ざめる。

濡れた服が肌に張り付き、白い布地からうっすらと肌の色が透けて見えていたことによ
うやく気づいたのだ。

「すみません…ッ、はしたない恰好で……！」

彼の様子がおかしかったのはこれが原因だったのだ。

コリスは咄嗟に謝罪し、慌てて彼に背を向けて渡された布で身を隠す。それでも肩から
腕、腰の辺りなどはかなりくっきりと身体の線が見えていただろう。

「コリス、そのままでは風邪を引く」

「で、でも…ッ」

「私の前では着替えられない……？」

「そう、…です」

「……そうか。そう、だったな……」

当たり前のことを、どうして彼は今さら聞くのだろう。

振り向くと目が合い、彼はこちらに近づいてきてコリスのすぐ後ろで立ち止まった。

「アリシア…さま？」

肩や背中、首筋など、身体のあちこちをアリシアの視線が彷徨う。

視線で肌を撫でられているかのような錯覚に陥り、緊張と羞恥で心臓がどくんどくんと激しく音を立てていた。

「もしかして、恥じらっているのか？」

「……そうです」

掠れた問いかけに頷くと、アリシアは僅かに目を見開く。

それから狼狽えた様子で俯いて、それきり彼は口を閉ざしてしまう。

しばし沈黙の時が流れたが、程なく彼はコリスから布を奪い取り、それを広げて濡れた肩にふわっとかけた。

「……、……おまえといると、私はときどき、おかしな気分になる。自分が男だと意識させられるのは初めてだ……」

「……っ」

そう言ってアリシアは息をつく。

首筋に熱い息が掛かり、直後にコリスは肩をぐっと摑まれた。

布越しなのに手のひらの熱さが伝わる。最近は部屋を出ない限りレースの手袋をしないから、骨張った手の感触が伝わってビクビク震えてしまう。

「出て行くから、早く着替えなさい」

「は、い……」

肩を掴んだ手がすっと離れ、アリシアの気配が遠ざかる。

足音も扉の向こうへと消え、やがて聞こえなくなった。

「……アリシアさまも、私を意識していたの？」

コリスは静まり返った脱衣所で立ち尽くす。

思いがけない言葉に胸が震える。

彼がそんなことを考えていたなんて思いもしなかった。

頻繁に目が合うのは偶然ではなかったのだ。

――アリシアさまの手の感触が肩に残ってる……。

大きな熱い手だった。少し驚いたけれど嫌ではなかった。

彼は他の男性とはまるで違う。

いつの間にか誰よりも意識する異性になってしまった。

麗しい見た目は決して男性的ではないのに…と思いながら、コリスはしばしその場から動くことができず、アリシアの触れた場所を抱きしめていた――。

＋　＋　＋

翌朝。

与えられた自室で、コリスは先ほどからぶつぶつと独り言を呟いていた。

「――ポール兄さまの結婚式のこと、まだアリシアさまに言ってなかったわ。早めに言ってお休みをもらわなくちゃ……」

手に持っているのは、昨日母から届いた手紙だ。

昨日はあれから部屋に戻ってもアリシアのことばかり考えていたせいで、すっかり読むのを忘れてしまった。今朝になって封を開け、その内容を見て結婚式に出席するために休みをもらわなくてはいけないことを思いだしたのだ。

「あ、そろそろアリシアさまを起こしに行かないと」

ふと、柱時計に目を向けてコリスはパッと立ち上がった。

休みの件はあとで話せばいい。一日や二日くらい家に帰してくれるだろう。

それより今は先にすべきことがある。

最近のアリシアは前にも増して朝が弱くなって、コリスが起こさないと夕方まででも平気で寝ているのだ。読書に夢中になるあまり、夜寝る時間が遅いのではと睨んでいるが、夕食前には部屋に戻されてしまうために実際のところは確認できていない。

ともあれ、あの朝寝坊の癖はもう少しなんとかしてほしい。

その日もコリスはいつものように彼のもとへ向かおうとしていた。ところが――

「きゃああーッ!?」

階段を上る途中で、屋敷に突然の悲鳴が響く。

コリスはびくんと肩を揺らして足を止めた。

周囲にいた何人かの使用人と目が合い、彼らと共に悲鳴が聞こえた階下を振り返った。

「何があったのかしら？」

その直後、ざわめきが聞こえ出す。

先ほどの悲鳴が関係しているのだろうか。

コリスたちは頷き合い、ざわめきの原因を探るために階下に戻ることにした。

「すごい人だわ」

一階に戻ると、使用人たちが食堂付近に集まっている光景が目に入る。

この屋敷は王族の住まいにしては使用人が少ないものの、屋敷を維持するためにそれなりの人数はいる。このときはまるで全員が集合したような人だかりになっていた。

「あの、何かあったんですか？」

コリスは奥から出てきた蒼白な顔の男に声を掛ける。

彼は立ち止まり、口元に手を当てると呆然とした様子で答えた。

「料理人が倒れた……」

「えっ」

「あれはアリシアさまの毒味役をしていた料理人だ。泡を吹いて倒れて、そのまま動かなくなったんだ……」

「あぁ、なんてことだ。まただ……、また……」

「え…ッ!?」

「……？」

最後のほうは声が小さすぎてコリスにはよく聞こえなかった。

それでも、アリシアの毒味役が倒れたことが何を意味するのか、それくらいは自分でもわかる。

――誰かがアリシアさまを殺そうとしたということ……？

コリスはごくっと喉を鳴らして、人だかりの中心に向かった。

不安げな人々の顔を横目に騒ぎのもとへ向かうと、倒れた男の周りを数人の衛兵が囲んでいた。彼らは声を掛け合って男を別の場所に運ぼうとしているようだった。

倒れた者の顔は衛兵の身体に隠れて見えない。

だが、料理人の恰好をしているのだけはわかった。

もしかしたら話したことがある人かもしれない。厨房にいる人たちは、ここに来たばかりのコリスに皆とても優しくしてくれた。

「……ッ」

あまりの衝撃で頭が真っ白になりそうだ。

けれど、立ち尽くしている場合ではないと、急ぎ廊下を駆け戻る。アリシアの無事を確かめずにはいられなかった。

「あ……」

そのとき、廊下の向こうで静かに佇む人影が目に入った。

金色の長い髪。雪のような白い肌。

遠目でも誰だかすぐにわかる。

いつもは一人ではなかなか起きないのに、さすがにこの騒ぎでは目が覚めたのだろう。

アリシアは食堂付近の人混みを、とても静かな眼差しで見つめていた。

「アリシアさま……っ」

感情が一気に込み上げ、コリスは彼のもとへ駆けていく。

彼の眼差しは揺らいでいた。

この光景をどんな想いで見ていたのだろう。心臓が鷲掴みにされたように痛い。許されるなら、今すぐ彼を抱きしめてあげたかった。

だが、次の瞬間、

「……えっ」

何かがすっとアリシアの後ろで動いた。

──今の、なに……？

駆ける足を止めずに、コリスはその何かに目を凝らす。

もう一度影が動く。明らかに何かがいた。

それはゆっくりと忍び寄り、背後から彼に襲いかかろうとする人影だった。

「後ろ……ッ、アリシアさま、後ろに人が……ッ！」

全身から血の気が引いていくのを感じ、コリスは力の限り叫んだ。

あと少しで届くのに間に合わない。

「逃げて――……ッ！」

コリスには叫ぶことしかできなかったが、その声は屋敷に広がるざわめきを一瞬かき消した。

アリシアは背後の気配に気づき、その場から離れようとする。

しかし、人影は怯むことなく両腕を振り上げた。

コリスの叫びで人々の視線が向けられているにもかかわらず、手に持った短剣を振り下ろし、アリシアの腕を斬りつけたのだった。

「いや――ッ！」

よろめくアリシア。

短剣の切っ先が血に塗れ、赤い雫が辺りに散った。

まるで悪夢だ。人影はなおも己の両腕を振り上げ、よろめくアリシアの首筋に狙いを定めて斬りつけようとしていた。

「貴様、何をしている!?」

その寸前、人影に飛びかかった者がいた。

セドリックだ。

彼はアリシアを危険から遠ざけようとしたのだろう。人影に体当たりをすると、一瞬できた隙を見逃さずにアリシアを躊躇なく突き飛ばしたのだった。

「アリシアさま…ッ」

コリスは倒れ込むアリシアのもとにようやく辿り着く。

近くではまだセドリックと人影がもみ合っていた。

アリシアを狙うことを諦めてはいないようで、血塗られた短剣を握り締めたままでいる。

コリスは咄嗟にアリシアの身体に覆い被さった。恐怖を感じるより先に、彼の身を守らなければという気持ちから身体が勝手に動いていた。

「なにをしているっ、離れろ！　コリス、向こうへ行け……ッ！」

だが、アリシアは身体をびくつかせてコリスを引き剝がそうとする。

「いっ、いやです…ッ！」

「命令だ！　わからないのか…ッ!?」

「いやですッ、いやです……ッ！」

「……ッ」

命令を聞かないコリスをアリシアは睨みつける。

普段ならそれでおとなしく引き下がっていただろうが、そんな弱々しい目つきで睨まれても怖くもなんともない。何よりも、コリスを巻き込みたくないと言わんばかりの拒絶に、なおさら彼の上から動く気にはなれなかった。

「——この…ッ、いい加減に観念しろ……ッ！」

その矢先に、傍らで繰り広げられていた攻防にも変化が起こる。

セドリックは人影を押さえ込むと、手刀で短剣をたたき落とした。

床に落ちた反動で短剣は音を立てて僅かに弾む。セドリックはそれを足で払って遠ざけたあと、流れるような動きで相手の首をぐっと締め上げた。

「ぐ…っ、……うう」

呻きを上げ、白目を剥いて弛緩する身体。

両腕はだらんと投げ出されていた。

セドリックは平素からは想像もつかない俊敏な動きで、見る間に相手を気絶させてしまったのだ。

——終わった、の……？

しんと静まり返る屋敷。

一拍置いてセドリックが大きく息をつく。さらに数秒後、アリシアの身体から力が抜けていくのを感じた。

「アリシアさま…？」

改めてその姿を見下ろし、引き裂かれた服が血で滲んでいるのが目に入る。

破れた服の隙間からは斬りつけられた傷口が見えて、そこから血が流れ出していた。

「セドリックさま…ッ、アリシアさまが」

「ええ、わかっています。アリシアさまを運ぶので退いてくれますか?」

「あ…っ、はい」

「衛兵ッ!　この男を連れて行け。あとで尋問する」

「はッ!」

「コリスさん、この方を守ってくださり、ありがとうございます」

セドリックはそう礼を言うと、アリシアを抱き上げる。

コリスは一連のセドリックの動きに圧倒されながら、慌ただしく動き出す衛兵たちに目を移し、気絶して床に転がる男にも目を向けた。

誰だったろう。すぐには思いだせなかったが、どこかで見たことがある顔だった。

「……あっ」

ふと、コリスの脳裏に少し前の光景が浮かんだ。

あれは二か月前、自分がこの屋敷に初めて来たときのことだ。

三時間以上も馬車に揺られたあの日、すぐ傍に彼の姿があった。

彼はコリスを馬車で迎えに来てくれた御者だったのだ。

「どう、して……?」

男を抱えて衛兵たちが去っていく姿を、コリスは呆然と見つめる。

どうして彼はアリシアの命を狙ったのだろう。

戸惑いを顔に浮かべてセドリックを見上げたが、彼は僅かに目を伏せると、アリシアを横抱きにして身を翻し、何も答えることなく近くの階段を駆け上がっていった。

なんだか頭の中がぐちゃぐちゃだ。

食堂のほうへ顔を向けると、人々が遠巻きに見ていた。

この中の誰一人としてアリシアを助けるために動かなかった……。

コリスはため息をついて立ち上がる。

あれこれ考えていても仕方ない。今はアリシアのことを第一に考えるべきだと気持ちを切り替え、セドリックを追いかけたのだった――。

＋　＋　＋

コリスがアリシアに会えたのは、それから一時間後のことだった。

あのあとセドリックはアリシアの自室に入っていったが、取り込んでいると言われてコリスは中には入れてもらえなかったのだ。

アリシアは無事なのだろうか。中で何をしているのだろう。

扉の前には普段はいない強面の衛兵が左右に立っていた。

それは自分を阻む壁のようで、部外者だと突き放された気持ちになったが、コリスには部屋の前でただ待っていることしかできなかった。

「――もう入っていいですよ」

しばらくして扉が開き、セドリックが顔を見せる。

胸を撫で下ろし、おそるおそる部屋に入るが、アリシアの姿はどこにもない。

セドリックはいつの間にか寝室の前に立っていて、こちらに目配せをしながら扉をノックした。

「アリシアさま、入ります」

声を掛けるも、セドリックは返事を待たずに中に入っていく。

コリスもあとに続き、静まり返った寝室に足を踏み入れたが、アリシアの姿は見当たらない。

きっと横になって身体を休めているのだ。

そう思って奥にある天蓋のベッドに向かった。

しかし、途中で棚の扉が開いたままになっていることに気づく。

よく見ると、整然と並んでいた瓶が散乱していた。

「……あぁ、慌てて取り出したからひどい有様だ。あとで片付けなければなりませんね。けれど、日頃からアリシアさまが準備を欠かさずにいてくださったので助かりました。これには炎症を抑える効果があるんです」

「え…？」

セドリックは怪訝そうに眉をひそめるコリスにそう答え、近場の机に置かれていた瓶を手に取り、開けっ放しだった蓋をきゅっと閉めた。

彼が手にしているのは、中身が半分ほど減った膏薬の瓶だ。

コリスは顔を強ばらせ、天蓋のベッドに目を向けた。

――まさか薬草を集めていたのも、日頃から膏薬作りをしていたのも、本当は趣味などではなく、こういうことを想定していたから……？

「アリシアさま、何かありましたらコリスにお申し付けください。私は先ほどの者に話を聞きに行かねばなりませんので……」

セドリックは天蓋の布を引きながら、コリスを中へ促す。

コリスはぎこちなく頷き、おずおずと布をくぐると、そこには上半身裸でベッドに座るアリシアの姿があった。

右腕に包帯が巻かれていて、滲んだ血が痛々しい。

コリスが近づいても、彼はまっすぐ前を向いたままぴくりとも動かない。

セドリックを振り返るが、すでに部屋を出るところで、扉が閉められると同時にその姿は見えなくなった。

これからアリシアを襲ったあの男に会いに行くのだろう。

コリスは先ほどの出来事を思いだしてぶるっと身を震わせた。

「あの…、アリシアさま。お加減はいかがですか」

「……」

声をかけると彼は微かに瞼を震わせ、無言でコリスに目を移す。

そのまま数秒ほど時が止まったように見つめ合ったが、程なくアリシアはため息交じりに口を開いた。

「おまえ、悪い時期にやってきたな……」

「……それはどういう意味ですか？」

「そのままの意味しかない。……しかし、今年ももうそんな時期なのか。すっかり失念していた」

そう呟くと、アリシアはまた前を向いて口を閉ざす。

何かを睨みつける鋭い眼差しにドキッとしたが、コリスは今の呟きが気になって、さらにベッドに近づいた。

「今年も…って、どういうことですか？　まさかアリシアさまは毎年こんな危険な目に遭ってきたんですか!?」

「……まぁ、恒例行事のようなものだ」

「恒例行事って、王女相手に誰がこんなことを恒例にするというんですか！」

「そう目くじらを立てるな。私にはどうにもできないことだ」

「そんなっ、どうして……っ!?」

食い下がるコリスに、彼はすぐには答えず目を伏せる。

まるで諦めきった横顔に、コリスはハッと息を呑んだ。

まさか、相手が誰かわかっているのでは……。

一瞬過ぎった疑問に答えるように、アリシアはコリスを見つめた。

「……相手は王妃エリーザだ。私に何ができる？」

「――！」

衝撃の告白にコリスは目を見開く。

その様子にアリシアは乾いた笑いを漏らし、己の髪をぐしゃっと掻き上げると、また睨みつけるように前を向いた。

「おまえ、前に言ったな。私が王と王妃の本当の子ではないのではと」

「……は、い」

「そのとおりだ。私と血の繋がりがあるのは国王アレクセイだけだ。王妃とは何の繋がりもない。私の本当の母は、王妃がこの国に嫁ぐ際に連れてきた侍女だった女だ」

「え…？」

想像もしない内容で、コリスはすぐには話を呑み込めなかった。

主人が侍女に手をつけることは世間でもときどきあるというが、まさか国王がそういうことをする人だとは思わなかった。

これが事実なら大変な話だ。

しかも、アリシアにはクロード王子という一つ下の弟がいるのだ。王妃より先に王妃の侍女が王の子を身籠もってしまったとあっては、大変な裏切りと捉えられてもおかしくない。

　息をひそめて彼を見つめると、アリシアは淡々とした様子で口を開いた。

「王妃は母がアレクセイと関係を持ったことをいまだに許していない。本人はもうこの世にいないから、行き場のない憎悪の矛先が私に向かう。私は裏切り者の子だ」

「そんな…ッ」

「とても不条理だが、理屈ではないのだろう。母の命日が近づくと、警告のように毎年命を脅かされてきた。先ほどのように斬りつけられて傷を負った年もある。毒を盛られて死にかけた年もあった。……コリス、この脇腹の傷が見えるか？　これは私が五歳のときに負ったものだ」

　そう言うと、アリシアは右腕を少し上げて己の脇腹を指差した。

　そこには五センチほどの傷痕があった。五歳の子供が負うにはあまりにも大きな傷だ。

「なんてひどい……っ」

　激しい憤りにコリスは唇を震わせる。

　アリシアを見ると、彼の眼差しも先ほどまでとは違っていた。

　一見何もかもを諦めきったように見えても、彼にも感情はある。

　傷ついたのは身体だけではなかったはずだ。

　彼は普段の静けさからは想像もつかない獰猛《どうもう》な眼差しで前方を見据え、地を這うような低い声で呟いた。

「だが、憎むべきは国王アレクセイだ。身籠もった母をこの別邸に隠し、生まれた私を世間には王妃との子であると公表した。王がどう言いくるめたかは知らないが、おそらく王妃も私を女だと思っているのだろう。そうでなければ、今生きているわけがない。とうに殺されていたはずだ」

「……っ！」

「それでも私に逃げ場はない。この屋敷で働く者のほとんどは王宮から送られてくる。その中には王妃の命を受けた暗殺者が紛れ込み、他の使用人と同じように暮らしているのだ。もはや誰が敵かもわからない状態だというのに、実の父親であるあの男はそれを知っていながら黙認している。……こんなことが、一体いつまで続くのか。私はいつまで偽っていればいいのだろう？　何もわからないままこの年になった。だが、女であると偽るのにもそろそろ限界が来ている。今も屋敷に潜む王妃の手の者は、すでに私が男であると気づいているかもしれない。疑いだしたら切りがない。どうして私がこんな目に遭わなければならない？　周りから蔑まれようと私には愛人の子として…、庶子として生きる道があったはずだ……！　何もかもが憎くて堪らない。何もかもが敵に見える。もうずっとこの世が呪わしくて仕方がなかった……ッ！　いっそ男だと宣言して王妃を本気にさせ、ひと思いに殺されてしまおうか!?」

「アリシアさま…！」

一気に吹き出すアリシアの感情が胸に刺さる。

コリスは無我夢中で彼を抱きしめていた。

「お願いですから、そんなことを言わないでください！　あなたが死ぬのは嫌です。私は絶対に嫌です……！」

男性にしては細すぎる身体。

女性というには柔らかさの足りない身体。

ずっと一人で苦しんできたのだろうと思うと、あまりにやるせなかった。

こんなにひどいことがあっていいのか。アリシアを抱きしめ、ぼろぼろと涙を零していると、やがて彼は微かに息を震わせ、コリスを強く抱きしめ返した。

「……その涙は…、私のために流しているのか？　……なぜ？　どうしてそんなことができる？　そんな者はこれまで一人もいなかった……」

「ん…っ」

強く掻き抱かれ、コリスの身体がミシミシときしむ。

だが、自問自答のようなアリシアの言葉は、痛みで顔を歪《ゆが》めるとすぐに途切れた。

そのまま僅かな沈黙が流れたが、やがて彼は唇を嚙《か》みしめ、コリスを抱きしめた状態のままでベッドに引きずり込み、何の前触れもなく強引に組み敷いてきたのだった。

「あっ!?」

のしかかられる身体。

熱い手がコリスの腕を摑んでベッドに縫い付ける。

しかし、コリスには自分の身に起こったことがすぐには理解できなかった。

呆然と見上げると、泣きそうな眼差しと目が合い、胸の奥がどうしようもなく痛くなった。

「なぜだ……ッ、なぜあのとき私を庇った！　離れろと命じたはずだ……ッ！」

「それは……」

「おまえが刺されるかもしれなかった！　誰が命を張れと頼んだ!?　なぜあんな馬鹿なことを……、なぜ私などのために……ッ、おまえは私の何なのだ……っ!?」

彼は悲痛な声を上げ、コリスの腕をぐっと強く摑む。

揺らめく瞳からは混乱した様子が窺えた。

けれど、コリスはあれが間違いだったとは思っていない。

咄嗟の行動だったが、アリシアを傷つけられたくなかった。どうしても守りたかったのだ。

それでも、彼の言いたいこともわかる。

相手は刃物を持っていた。刺されれば、死んでいたかもしれないのだ。

自分が逆の立場だったなら、きっと正気ではいられないだろう。

何も答えられずにいると、アリシアはやがて苦しげに息をつく。

摑んだ手を緩めて目を伏せ、先ほどとは打って変わって掠れた声で呟いた。

「……違う。悪いのは私のほうだ……。いつもなら、あんなに無防備に部屋を出たりはしなかった」

「え…」

見上げると、彼は哀しげにコリスを見つめ返す。

その瞳は切なく揺らめき、唇は感情を抑え込むように震えていた。

「おまえが来てから…、なんだか毎日が妙に楽しく感じられて……、少しだけ、自分が幸せになった気がしていた……。私は自分が命を狙われていることをすっかり忘れてしまっていたのだ……」

「アリシアさま……」

「寝坊をすれば、おまえは必ず私を起こしに来てくれる。目覚めるときにおまえの声を聞くのが心地よくて、私は毎晩わざと遅くまで本を読み耽った。膏薬作りをするのが、あんなに楽しいと思ったこともない。傍に居れば、おまえの姿を無意識に目で追いかける。視線がぶつかれば、心がざわついた。気づけば、おまえにもっと近づきたいと思うようになった。……私はおまえと過ごすうちに、他のことを考えなくなっていた」

「……っ」

「私は、おまえといると現実を忘れてしまいそうになる。自分が男だということを、こんなにも自覚させられる日が来るとは思わなかった。庇われることをあんなにも情けなく感じたことはなかった……っ」

「あ…っ」

コリスの腕を摑んでいた彼の手は、いつの間にか腰に回されていた。

そのまま強く引き寄せられて揺らめく琥珀色の瞳に囚われる。目を逸らすことなどできなかった。

「こんなこと、考えたこともなかった。おまえは、これまで知らずにいた感情を私に与える。私はおまえが怖い……。おまえはいつも私を惑わす……。今も、こうして触れているだけで、おまえがほしくて仕方ない。おまえを自分のものにしたくて堪らなくなる……っ！」

そう言ってアリシアは息が掛かるほど間近に顔を近づける。

その瞳の奥に見え隠れするのは欲望の火だ。

けれど、その眼差しさえ物悲しく感じられた。

「私は自分がわからない。この衝動に身を任せたら、きっとおまえをめちゃくちゃにしてしまう。思いのままに身を任せてしまう！　……だから…、嫌なら突き放してくれ。今すぐ私を拒絶してくれ。そうでなければ、私はおまえを——」

「嫌では…、ありません……っ」

「……っ!?」

コリスは彼の言葉を遮るように咄嗟に声を上げていた。

アリシアは息を呑み、目を見開いている。

込み上げる切なさに堪えきれず、コリスはじわりと目に涙を浮かべ、自ら彼の胸にしがみついた。

「……コリ、ス？」

びくんと震えるアリシアの身体。

その反応を、どうしようもなく愛しく感じた。

「嫌だなんて……、思いません……」

コリスは掠れた声で繰り返す。

許されないことだとわかっていたが、それでも、言わずにはいられなかった。

「私は……、あなたの傍にいたいです……。ずっと、こうしていたいです……」

嘘偽りなど言いたくない。

彼のような人に、これほどの想いをぶつけられて嬉しくないわけがない。

組み敷かれても胸がざわめくばかりだ。拒絶するだなんてとても考えられなかった。

コリスは彼の頬に触れ、静かに微笑む。

すると、綺麗に整ったアリシアの顔がくしゃっと歪んで泣きそうな表情になる。

彼は僅かに唇を震わせ、瞳を潤ませていたが、その顔はやがて花が綻ぶような微笑へと変わった。

――アリシアさまがこんなふうに笑うなんて……。

近づく眼差しに胸の高鳴りを感じながらコリスは瞼を閉じる。

「……ん」

ふわりと唇に触れる柔らかな感触。

コリスにとって、おそらくアリシアにとっても、これが初めての口づけだ。

感触を確かめるように何度も重ねるだけの口づけを繰り返す。頬や瞼にも吐息混じりに唇が触れ、その心地よさにコリスの身体から徐々に力が抜けていった。

程なくして彼はコリスの唇に左手の指先を這わせ、人差し指と中指を口の中に入れた。

何をしているのかと思い、そっと目を開けるとアリシアと視線がぶつかる。

彼は僅かに目を細め、その二本の指でコリスの口を開かせると、真っ赤な舌を突き出して上唇をぺろっと舐めた。

「ふ…っ」

コリスはぴくっと瞼を震わせ、自然と出た甘い声に頬を赤らめる。

彼はくすりと笑ってもう一度コリスの上唇を舐めてから指を抜き、今度はその舌を口の奥へと差し込んだ。

「んぅ…っ、はっ、あ……」

尖らせた舌先がコリスの上あごをくすぐり、びくびくしながら身を捩った。

すると、腰を摑んでいた右手がコリスの背中で動き出す。背中のボタンを外そうとしているとわかり、恥じらいながらもアリシアが動きやすいように自ら空間を作った。

「ん、ん…ッ、ふぁ…っ」

そうしている間も、アリシアの舌はコリスの口の中を動き回っていた。

上あごをくすぐっていたと思えば、次の瞬間には歯列を舐め回す。奥に引っ込めた舌を見つければ、軽く突いてびくつく様子を愉しんでから舌の表面をくすぐられた。

アリシアはそれがどんな口づけなのかも、きっとわかっていない。

甘い声を上げるたびに彼の息は乱れ、やがてコリスの舌を捕まえると何の迷いもなく強く絡めてくる。

けれど、互いに息継ぎの仕方もわからない。

苦しくなって唇を離し、再び重ねるといった動きを何度も繰り返していた。

「んんっ、あ…ッ、んっ」

「コリス…、その声、もっと聞きたい」

キスの合間にアリシアが耳元で低く囁く。

熱い息が耳たぶにかかり、コリスは肩を震わせる。

声は勝手に出てしまうだけなのだが、どうすればいいだろう。

我慢して抑えなければいいのかと思い、コリスは頬を染めてこくんと頷き、また彼と唇を重ねた。

「ふぁ…、んん…ッ、ん」

いつしかコリスは彼と舌を絡め合うことに夢中になっていた。

初めは唇を重ねるだけで身体をびくつかせていたというのに、背中のボタンをすべて外されても、徐々に服を脱がされて肩があらわになってもそのことに気づかなかった。

「あぁ…ん」

コリスはうっとりと目を潤ませ、甘い声を上げる。

唇が離れてしまい、せがむように顔を近づけた。

しかし、彼は脱がすことに集中したかったのだろう。キスの代わりに左手の人差し指と中指をコリスの唇に差し入れると、コリスが反射的にその指に吸い付いて舌を絡めたので、少し驚いた様子で目を見開き、喉の奥で笑っていた。

「んっ、ふ、んう…ッ」

そうと気づかず、コリスは夢中でアリシアの指に吸い付いていた。

女物の服の簡単な脱がせ方をアリシアは長年の経験で知っている。コリスがぼんやりしていたというのもあり、脱がされたことに気づかないほど鮮やかな動きで下着姿にされていた。

「思ったより大きいな」

「え？」

意外そうな呟きを耳にして、コリスは彼の指を舐めるのをピタリと止めた。

身体がスースーすることに今さらながら気がつく。

だが、冷静になりかけたその瞬間、アリシアはコリスの口から己の指を引き抜き、左右の胸の膨らみを両手で掴んだのだった。

「あ…っ!?」

「悪くない触り心地だ」

押したり引いたり揉んだりしながら、彼はその都度変わる胸の形や感触を愉しんでいる。

いっぽうコリスは、いつの間にか服を脱がされていたことに目を丸くして、直接感じるアリシアの手の熱さに戸惑っていた。

「あっ、あの…ッ」

「なんだ?」

「思ったよりって、もしかして、私の胸の大きさを想像していたのですか?」

動揺していたとはいえ、我ながらなんて色気のない質問だ。

すぐに後悔したコリスだったが、アリシアは思うままに乳房を揉みしだきながら唇を綻ばせ、胸の頂に口づけた。

「ン…ッ」

「そうかもしれない。どうやら私はおまえの身体に興味津々だったようだ」

あっさり認める発言にコリスの顔は真っ赤になる。

彼のほうは恥じらうことなく平然とした顔をして、尖らせた舌先で色づいた乳首を弾いていた。

「あっ、んっ、あ…ん」

軽く咥えたり吸い付いてみたりと、その動きは興味の赴くままといった様子だ。

けれど、コリスが声を上げるたびに、彼はさり気なくその様子を窺っていた。一際大きな反応を見せた場所は執拗に舌で嬲り、さらなる反応を引き出そうとしているようだった。

そのうちに舌先は胸の頂から離れ、おへその窪みに移る。

胸を揉みしだく手は脇腹や背中へと移動して、やがてお尻を撫で回す。そのついでといった様子でドロワーズの腰紐をするりと解かれたが、さすがのコリスも下着が脱がされようとしているのには気づかずにいられない。

「アリシア、さま…っ」

徐々にドロワーズをずり下げられて、コリスは不安を顔に浮かべた。

布がお尻のところで引っかかり、腰を上げるように指で骨盤あたりを突かれたが、なかなか言うことを聞けない。

いつまで経ってもコリスが動かずにいると、アリシアは一旦動きを止めて身を起こし、僅かに震える唇に口づけてきた。

「嫌か？」

「……そういう、わけでは……」

「私の裸、おまえは見たのに？」

「え？　……あっ、あれは……ッ」

言われても初めは何のことかわからなかったが、コリスはすぐに思いだす。

以前、長湯をしてのぼせたアリシアを助けたときに、全裸を見てしまったことを……。

だが、あれは不可抗力だった。

決してわざとじゃなかったと目で訴えると、彼は小さく笑って頷き、コリスの後頭部を手で支え、下にあった枕を取り出して腰の下に潜り込ませた。

「おまえは本当に鈍い。先に進めたくて意地悪を言っているのだと、そこまで言わなくてはわからないか？」

「……あ」

「わかったら、いい子にしておいで。私はおまえをほしがってもいいのだろう？」

アリシアは囁くと、返事を待たずにいともたやすくドロワーズを脱がせてしまう。

腰の下に枕を入れたせいでお尻が持ち上がり、コリスが協力せずとも簡単に脱げるようにされてしまったのだ。

十八年にも及ぶ女装は伊達じゃない。

などと感心している間にもドロワーズは足首をするんと抜け、アリシアは勝ち誇ったように笑みを浮かべて下着を床下に放り投げてしまう。

なんて愉しそうな顔をしているのだ。涙目になって見上げると、彼はおもむろにコリスの足首を摑み、ぐいっと大きく広げて己の身体を間に割り込ませてきたのだった。

「アッ、アリシアさまッ！」

「今度はなんだ」

「脚、そんなに広げたら丸見えになってしまいます…ッ！」

「見なければどこに挿《い》れればいいのかわからないだろう」

「そっ、そうなんですか!?」

「現に、こうして見てもよくわからな……。あぁ、ここか」

「ひゃう…ッ!?」

突然の刺激にコリスは小さな悲鳴を上げた。

まじまじと秘部を観察していたアリシアが、突然コリスの中心に人差し指を入れてきたのだ。

「んん…ッ、いきなり…そんな…ッ」

「狭い。……が、少しは濡れているか」

「イ…ッ！」

「痛いのか？」

「は、い…」

「……」

「あっ、で、でも…、もっとゆっくりなら……」

「ゆっくりなら中を弄ってもいいのか？」

「弄…、は、はい」

指先だけならまだしも、アリシアは奥のほうまで指を入れようとしていた。

途中でコリスが声を上げると、彼はそこで動きを止めてくれたが、哀しげな表情を浮かべたのにドキッとして、自分でもびっくりするほど譲歩したことを言ってしまう。

どうも日頃の主従関係がこんなところにも影響してしまっているようだ。

とはいえ、不安は隠せない。

彼は身を強ばらせるコリスの様子をじっと見下ろしていた。

それで気持ちを感じ取ってくれたのだろうか。アリシアは中に入れた指を強引に動かそうとはせず、ゆっくりと出し入れを繰り返しながら首筋に口づけてきた。

「…あっ」

「少しわかった気がするが、もどかしいな。触れるほど先に進みたくなってしまう」

「……ン」

「私はいつおまえのすべてを確かめられる？」

アリシアはコリスの耳たぶを甘噛みして熱い息を吐き出す。

肌にかかる息にびくびくしながら、コリスは彼と目を合わせた。

欲情して濡れる琥珀色の瞳。

うっすらと頬が上気して、目尻も赤くなっている。

もう待てないと言わんばかりの眼差しにどくんと心臓が跳ね、急かすように中心を出入りする指に追い詰められていく。いつと言われても自分にだってわからなかった。

「ああ…ッ!?」

そのとき、不意に彼の親指が陰核に当たってコリスの身体が跳ねた。

「……なんだ？」

今までで一番の反応にアリシアは身を起こす。

確かめるように小さな突起を親指の腹で軽く擦られると、そのたびに身体をびくつかせ、彼の指を締め付けてしまう。

身悶えるコリスの姿を目の当たりにして、彼は何かを理解したようだった。

「あぁ、なるほど」

「あっ、あぁっ、あっあ…ッ」

彼は唇を歪めて親指を小刻みに動かす。

人差し指を出し入れする速度が増し、くちゅくちゅと耳につく水音が聞こえ始める。

中指も中に差し込まれ、一層甲高い喘ぎを漏らすコリスを彼は愉しげに窺っていた。

「あぁっ、ああ…ッ、アリシア、さまぁ…ッ」

けれど、その刺激はコリスには強すぎる。

初めての感覚にぽろぽろと涙を零し、もうそれは終わりにしてほしいと目で訴えたが彼は止めてくれない。一層奥まで指を入れ、中でぐるっと円を描いてみたり、内壁を擦ったりしながら彼はコリスの反応をじっと窺っていた。

「も…、先に…っ、進んで、ください……っ」

こんなことを続けられたらおかしくなってしまう。

コリスはシーツを握り締め、必死の思いで声を絞り出した。

彼は目を見開いて少し驚いた様子を見せたが、こくっと喉を鳴らすとコリスの唇にかぶりつき、激しく口づけてきた。

「んっ、んん…っ」

差し込まれた舌がコリスの舌の上を擦り、誘われるまま自分も舌を突き出す。

すぐに絡められた舌は熱く、息もできないくらいの激しさに頭の芯が痺れていく。

「っは…、んん、んっ」

アリシアは口づけをしながらコリスの秘部から指を抜き、自身の服に手をかけた。

彼はドレスを腰まで下ろしただけというかなり中途半端な恰好だ。もどかしげに服を脱ぎ、下着にも手を掛け、何の躊躇もなく裸になった。

あらわになる雪のように白い肌。

腰は引き締まり、息をするたびに上下する胸板はなだらかに隆起している。どこを見ても無駄な肉はなく、これといった運動をしていないにもかかわらず、彼の身体はしなやかでとても綺麗だった。

「アリシアさま……」

「コリス……」

熱っぽい眼差しに胸を焦がす。

最初は無表情でいることが多く、何を考えているのかわからなくて怖かった。けれど今ではさまざまな顔を見せてくれるようになった。

コリスは彼の胸板に手を伸ばし、そのまま抱きつこうとして、ふと、厚く巻かれた腕の包帯に目を移した。彼の長い髪に隠れてよく見えなかったが、先ほどより少し血が滲んでいたのが気になった。

「んん…ッ！」

だが、気が逸れた瞬間、コリスは顔を歪めて喉を反らす。

いきなり熱いものが中心に押し当てられ、内側を押し開かれる感覚にそれまでの思考が見る間に霧散した。

「は…っ、あっ、は…っ」

先に進めてほしいと言ったのは自分だが、いきなりとは思わなかった。

少し挿れられただけなのに中心が灼《や》けるように熱くて痛い。

しかし、彼はそこで止める気はなさそうだった。

先端を強引に押し込むと、彼はコリスの両の太股を摑んでさらに大きく開かせる。そのまま自分のほうに引き寄せ、体重を乗せながら腰を押し進めてきたのだ。

「ひ…っ、や、あぁー…っ！」

悲鳴に近い声が部屋に響く。

アリシアはその声にぶるっと身を震わせ、なおも腰を進める。途中で引っかかりを感じて一瞬動きを止めたが、弱々しく逃げようとするコリスの腰を押さえつけ、大きく息を吐き出すと一気に最奥まで突き入れたのだった。

「い、あぁ、ああ……ッ、あぁあー……ッ！」

指を入れられることさえ初めてだった。

そんなふうに強引に開かれたら壊れてしまう。奥まで到達した熱の塊がどくんどくんと脈打ち、アリシアが身を起こしただけで痛みが走ってまた悲鳴を上げた。

「ひ……う……、うごか……な、で……くださ……ッ」

「……は、頭が沸騰する……」

「アリシアさま……っ」

声が届いていないのだろうか。

アリシアは何も答えず、息を乱しながら繋がった場所を凝視している。

そのままコリスの太股をまさぐり、両脚を強引に持ち上げると、べろりと膝の内側を舐めて腰を揺らした。

「あぁ……ッ、いたぁ……いっ」

「……ん、少し緩めろ。キツくて動けない」

「ひっ、んんっ、そんな、できな……」

痛みを訴えているのに、アリシアは止めてくれない。

コリスはボロボロと涙を零し、少しでいいから止まってほしいとその身体に手を伸ばした。

彼はその手を摑み取り、手のひらに口づける。

甘やかな唇の感触に訴えが届いたのかと思ったが、アリシアはその手を引き寄せると、なぜか二人が繋がる場所まで持っていき、コリスの指先を陰核に触れさせたのだった。

「あ…ッ!?　なに、を……？」

ぴくっと身体を震わせ、息を呑む。

アリシアは口端を歪めて敏感な蕾を何度か擦らせる。

そのたびにコリスは身体をびくつかせてしまい、徐々に彼の意図がわかってきた。

しかし、慌てて手を引き戻そうとするも、強い力で摑まれてびくともしない。無理やり秘部に触れさせられているという状況に顔を真っ赤にしていると、アリシアは苦しげに息を乱しながらまた腰を揺らした。

「あぁ…っ！」

「コリス、自分で触っていいようにしてみろ。少しは痛みが和らぐかもしれない」

「そんなっ、自分でなんて……っ」

「何の問題がある？　私しか見ていないのだから、恥ずかしがることはない」

「でも…っ」

「あぁわかった。手伝ってやるから、これ以上駄々を捏《こ》ねるな」

「いっ、あぁ…ッ!?」

抵抗の甲斐なくアリシアはどんどん話を進めてしまう。

そのうえ、コリスの手を摑んで敏感な場所に触れさせると、何の合図もなく抽送を始めてしまった。

　繋がった場所が熱い。

　ナカがいっぱいでとても苦しい。

　どうにか手を振りほどこうにも、奥に突き入れられるごとにアリシアの手に力が入って振りほどけない。おまけに彼が動くと指の腹が突起を擦ってしまい、そのたびにコリスはビクビクと身体を震わせていた。

「あっ、んんっ、や…ッ」

　けれど、彼は闇雲に動いているわけではなかった。

　さまざまな場所を突きながら、痛みとは違う感覚を与えようとしている。

　その中でコリスは時折快感らしきものが自分の奥で目覚めるのを感じていた。

　だが、それは得体の知れない怖さがあり、抽送を繰り返すごとに強まっていく。次第に果てのない場所に引きずり込まれる錯覚を起こすようになり、コリスは逃れるように身を捩った。

「あぁあ…ッ!?」

　アリシアはそれを追いかけ、角度を変えて腰を揺らす。

　左脚を持ち上げられて、小刻みに身体を揺さぶられる。そのぶんだけ指が敏感な場所を刺激してしまい、コリスは堪らず甘い喘ぎを上げた。

　彼は喉の奥で小さく笑い、コリスの手を放して乳房をまさぐりだす。

指先で乳首を摘まみ、尖らせた舌で転がして熱い息を吹きかけると、コリスの身体はびくついて無意識に彼を締め付けてしまう。アリシアは満足げな笑みを浮かべ、一層腰の動きを速めた。

「あっあっ、やぁっ、アリシアさま…ッ」

コリスの身体はベッドの上で跳ね、律動のたびに声を上げていた。

その声に甘いものが含み始めていることも、すでに彼の手は離れていて自分で秘部を擦っていることにも気づかず、襲い来る激流に押し流される怖さに涙を零し、ふるふると首を横に振っていた。

「コリス…っ、こちらへおいで」

激しく息を乱し、アリシアがうわごとのように囁く。

その低い響きにドキッとしたコリスは一瞬我に返り、ぱっと彼に目を向ける。

乳房を舐め回す赤い舌が淫らな音を立て、獲物を狙う獣のように琥珀色の瞳がコリスを捉えていた。

それを少し怖いと思いながらも目が離せない。

淫らでいやらしくて、今まで見たどんな瞬間よりも美しかった。

「私のところまで、堕ちておいで……」

「あっ、は…ッ、アリシア、さま」

彼の言葉にコリスは息を震わせる。

アリシアは己の唇をぺろっと舐めると身を起こし、コリスの首の後ろに手を回してやんわりと撫で擦りながら深く口づけた。

舌先で歯列を撫で、強引にコリスの小さな舌に絡みつく。

貪るような口づけに息ができず、コリスは苦しくて顔を背けようとしたが、首の後ろに回された手で押さえつけられて身動きを封じられてしまっていた。

「んんっ、ん、んっ」

その間に律動は激しくなっていく。

二人の繋がった場所からは一層淫らな水音が響くようになり、それがさらにコリスを追い詰める。これが痛みなのかそうでないのか、もうよくわからなかった。

息ができない。苦しくて意識が朦朧とする。

それなのに、今しがたのアリシアの言葉が頭の中にちらついて離れない。

あまりにも孤独な呟きに涙が溢れ、コリスは無意識に両腕を伸ばして彼を抱きしめていた。

「っは、……コリス……ッ」

「アリシアさま……ッ!」

彼はコリスの温もりに肩を揺らして唇を離す。

そのまま頬に口づけ、瞼にも額にも唇を寄せると、彼は肩口に顔を埋めて耳たぶを甘噛みした。

「ン…ッ、はっ、あぁあ…ッ」

肌にかかる熱い息に刺激されてお腹の奥が切なくなり、コリスは彼を強く締め付ける。

アリシアは低く喘いで一層激しくコリスを揺さぶった。

強く掻き抱かれ、骨がきしむほどの力に目眩がしたが、振り落とされないようにコリスも必死で彼にしがみつく。

「あっあっ、ひっ、んっ、あぁっ、ああ…っ！　アリシアさま……ッ！」

「……ッ、……コリスッ」

隙間もないほど奥まで繋がり、耳元に感じる息づかいにくらくらした。

内壁を激しく擦られているうちに、身体の奥が熱くなっていく。コリスは打ち付けられる熱をただひたすらに受け止め、急き立てられる何かに内股を震わせ、つま先にくっと力を入れた。

「あぁあ…ッ、アリシア、さま…ッ、あっあっ、あああ……ッ」

自分の身体はどうなってしまったのだろう。

お腹の奥がひくつき、もう自分ではどうにもできない。

なおも激しさを増す律動にがくんと身体が波打ち、背筋が弓なりにしなった。

「ひぁ…ッ、ああ、あぁあっ、ああぁ――ッ」

部屋に響くコリスの嬌声。

これが初めての絶頂だという自覚もなく、ただひたすら彼の熱に流されるだけだった。

「コリス……ッ」

いっぽうで、コリスが達したあともアリシアは夢中で腰を打ち付けていた。

やがて訪れた断続的な痙攣で猛った陰茎を締め付けられ、彼はぶるっと身を震わせて掠れた喘ぎを上げる。

ぐっと腰を押しつけてなおも身体を揺さぶり、喉を反らして喘ぐコリスの唇にかぶりつく。

悶えるコリスの身体を押さえつけ、迫り来る絶頂に鳥肌を立てた。

それからぶるっと身を震わせると、そのまま最奥目がけて精を吐き出し、激しく息を乱しながら、彼もまた絶頂を迎えたのだった。

「ん、…ふ、…っは、……ん……」

重なった唇の間から、か細い喘ぎが響く。

コリスの目からぽろぽろと流れる涙を、アリシアは顔を上げてすべて舐め取った。

視線がぶつかり、ついばむような口づけを繰り返してから、彼はコリスの肩に顔を埋める。乱れた熱い息が肌にかかって背筋がぞくっと震えた。

コリスはふと天蓋を見上げ、布から漏れる光に目を細めた。

まだ日が高い。こんな時間に自分たちは抱き合っていたのか。

「……、……あ、血が」

ふと視線を動かし、コリスは目を見開く。

アリシアの腕の包帯に滲んだ血がさらに広がっていたのだ。

先ほど目にして気づいたのに、すっかり流されて頭から消えてしまっていた。

「大変っ。傷が開いたんじゃ……ッ」

「行くな…ッ！」

「あッ!?」

替えの包帯を用意しようと、コリスが起き上がろうとしたところで彼は一言叫び、動こうとする身体を上から押さえつける。繋がったままの場所がぐじゅっと音を立てて中も擦られ、コリスはびくんと肩を揺らした。

「いいからここにいろ」

「でも…、傷が……」

「大丈夫だ。セドリックに縫ってもらったから塞がっている」

「……ッ、なら…、さっき部屋に入れてもらえなかったのは……」

「そんなところを見せられるわけがないだろう。……幼い頃の腹の傷もセドリックが縫った。私の秘密を知っているのはあの男だけだったからな。今度はあのときより小さな傷だから大したことはない」

「そんなわけが」

「とにかく私から離れるな。今日は部屋に戻るのも許さない」

アリシアはそう言ってコリスの肩に口づけ、背中に回した腕に力を込めた。

「……どこにも行くな。おまえはここにいてくれ」

「……っ」

切ない響きにコリスはそれ以上何も言えなくなってしまう。

どのみち、身体を繋げたままでは身動きが取れなかった。

やがて規則的な呼吸音が聞こえだし、徐々にコリスを抱く腕から力が抜けていく。

——そんなふうにしなくても、どこにも行かないのに……。

コリスは彼の身体をそっと抱きしめ、こめかみに唇を寄せた。

いつかこの人が心から笑えるときが来るだろうか。

そのときには自分が傍にいられたらいいのにと、まどろみの中でコリスはそんなふうに思ったのだった——。

＋　＋　＋

——翌朝。

夢うつつの中で、アリシアはある女の夢を見ていた。

その女はアリシアが幼い頃に身の回りの世話をしていた侍女だった。

金色の長い髪、細い身体。

しかし、顔はぼやけてよく見えない。

微かに覚えているのは、ふとしたときにアリシアを見つめる眼差しがどこか哀しげだったことだ。

『アリシアさま、どうかこのお召し物にお着替えください』

『いやだ！　それは女が着るものじゃないか！』

『そんなわがままをおっしゃらず……』

『いやなものはいやだッ！　こんなものは着たくないッ!!　私は男だ。女の恰好なんてしたくない！』

『アリシアさま…』

『マーガレットなんてきらいだッ！』

『……ッ』

それは自分が女として育てられてきたことに対しての小さな反抗だった。

ほんの数日前、アリシアは些細なことがきっかけで、自分の身体が侍女のマーガレットとは違うと知ったのだ。

浴室でアリシアの身体をマーガレットが洗うのはいつものことだ。

しかしその日、自分の身体を洗う彼女の姿を何気なく見ているうちに、マーガレットの胸が膨らんでいることに初めて疑問を持った。

マーガレットは『大人になれば膨らみます』と初めのうちは言っていたが、終始目を逸らされていたことが疑問をさらに膨らませた。

子供でも嘘をつかれればわかる。アリシアはむっとしながら『服を全部脱げ』と強く命令し、嫌がる彼女を無理やり全裸にさせた。

マーガレットの身体は自分と明らかに違っていた。

これはどういうことだと責めると、彼女はもう騙せないと悟ったらしく、ようやくアリシアが男であることを認めたのだ。

そのときアリシアはまだ四歳だったが、女のように振る舞うことに、すでに違和感を覚えていた。

屋敷で働く使用人や衛兵を含めた男たちが、いくら自分の容姿を褒め称えようともまったく嬉しくない。ひらひらしたドレスで着飾ることよりも、セドリックのような貴族服や衛兵たちの軍服のほうに興味があった。

だが、マーガレットを責めたところで侍女にすぎない彼女にはどうすることもできない。

彼女のことを『きらい』と言うと、ひどく傷ついた顔をすると知っていたから、鬱憤《うっぷん》を晴らしたくて癇癪《かんしゃく》を起こしていたのだ。

『アリシアさまは……、マーガレットがそんなにおきらいですか……？』

けれど、そのときの彼女はいつもと少し様子が違っていた。

ぽろぽろと涙を零し、唇を震わせてアリシアを見つめる。

そんな切り返しをされるとは思わず、何も言い返せずにいると、マーガレットはいきなりアリシアの身体を抱きしめてきた。

『――ッ!?』

『きらいで構いません。それでも着てください……ッ。女のように振る舞ってください。男だと思われるような行動は、これからも決してしないでください!』

『な…ッ』

『その代わり…ッ! 傍にいるのが私とセドリックさまだけなら、そのときだけは思うように振る舞って構いません。ですから、どうかお守りください……ッ!』

『……っ!?』

初めてとも言えるマーガレットの強い口調だった。

言い聞かせるというよりも、もはや命令の域だったが、あまりの必死さに圧倒されたアリシアには反論の言葉が思いつかなかった。

『……いつまで?』

『え?』

『私はいつまで女でいればいい?』

『それ、は……』

アリシアはマーガレットの腕の中で問いかけた。

せめて期限を教えてほしいという純粋な訴えだった。

彼女はまた涙を零してアリシアを哀しげに見つめる。その顔はやはりぼやけていて、よく見えなかった。

『生きていれば、いつか……』

『本当に？』

『そうです。いつか必ず幸せを摑めるときが来ます』

それは果たして答えになっているのだろうか？

曖昧に濁した言葉に釈然としない思いが残る。

すると、マーガレットはいつも腕につけていたブレスレットを外して、それを迷わずアリシアに渡した。

『これを差し上げます』

『……なぜ？』

『これはアリシアさまの幸福を約束するブレスレットだからです』

手に握らされたブレスレット。

陽に当てると光の加減で色が変わる。あとで知ったが、これはオパールという貴重な宝石らしかった。

──私は幸福ではないのか……。

頭の隅で考えながら、ふわりと彼女に抱きしめられる。

アリシアはそのとき初めて、自分の境遇が普通ではないことを知った──。

あれは遠い日の想い出。

忘れかけていた幼い日の自分。

「……う、ん」

アリシアは瞼を開け、天蓋の布から漏れる陽の光を感じながら、手首につけたブレスレットに目を移す。

──夢を見ていたのか。

もそもそと身を起こせば、隣で眠るコリスの姿が視界の隅に映った。

彼女はうつぶせになって、顔をこちらに向けて眠っている。

毛布の隙間から肩が見え隠れして、アリシアは何も考えずにそれを少し捲った。

「ん…」

いきなり空気に触れたからだろうか。

コリスは僅かに眉を寄せて身を捩った。

その剝き出しの肌は、彼女が何も身につけていないことを意味している。

昨日はあれから何度彼女を抱いたのだろう。

彼女がベッドから出ようとするたびに引き留めていたから、本当に切りがなかった。

おかげで最後に抱いたとき、彼女は果てたあとに気絶してしまった。自分も同じように意識を失い、今の今まで泥のように眠っていた。

「……これが幸せ？」

ぽつりと呟き、アリシアはコリスの肌に触れる。

とても温かい。

手触りのいい薄茶色の髪を一束摑んで口づけ、うつぶせの身体を仰向かせた。

すぅすぅと気持ちよさそうな寝息が聞こえるのに瞼がひくついているのは、もう少しで目覚めるからかもしれない。

――けれど、私は本当に彼女を手に入れられたのだろうか？

ふと、アリシアの中に疑問が浮かぶ。

喉を鳴らして、あどけなさの残る寝顔を食い入るように見つめた。

これは、いつかなくなってしまうものかもしれない。

アリシアを残して、彼女は開かれた光の道を進んでしまう気がした。

「アリシアさま……？」

「……」

ゆっくりとコリスの瞼が開き、とろんとした眼差しと目が合った。

この気持ちは何だろう。

とても心許ない場所に立っている気分だ。

アリシアはぶるっと身を震わせ、彼女を抱き寄せて深く口づけた。

「ん、んん…っ」

戸惑う声が聞こえたが、構わず手を伸ばして乳房を揉みしだく。

こんなものではとても足りない。起きたばかりで力の入っていない身体にのしかかり、閉じた脚を強引に開いた。

——その道は、おそらく私の前には用意されていないものだ。

どうやっても追いつくことができないものだ。

「あっ、アリシアさま…ッ、待ってくださ…——」

「だめだ。どこにも行かせない。拒むならおまえを閉じ込めてやる……っ！」

「あぁ…ッ!?」

アリシアはいきなりコリスの秘部に指を突っ込み、中をかき回した。

昨夜の名残がぐちゅぐちゅと音を立て、泡を立てて溢れ出してくる。

その淫らな光景に煽られ、血が沸き立つのを感じた。

アリシアは激しく興奮し、屹立した猛りを彼女の中心に押し当てると、驚く彼女を視界の隅に捉えながら一気に貫いた。

「ひあうッ、…んっ、ぅん——ッ！」

部屋に響く嬌声は唇を塞いで閉じ込めた。

間を置かずに腰を大きく引き、深いところまで突き上げる。

性急な行為とわかっていたが止めることができない。アリシアは焦燥に似た感情に振り回されながら彼女の中を激しく突いていた。

「んっ、っふ、んん…ッ」

重ねた唇の隙間から彼女の喘ぎが漏れ聞こえる。

今度はその声を聞きたくなって、唇を離して乳房に口づけた。

果実のように色づいた突起を舐め、肌をきつく吸うと赤い痕がつく。

――例の二人組の男はこうしてコリスの肌に痕をつけたのか。

ようやくそれに気がつき、アリシアは激しい苛立ちを覚えた。

とうに捕まえ、彼らはもうこの世にはいない。忘れかけていたことなのに今になって沸々と怒りが湧いてくる。この手で八つ裂きにしてやればよかった。人任せにして裁くのではなく、自分の手で地獄に落とせばよかった。

「ひ、あ…ッ、あぁ…っ」

アリシアは彼女の肌にいくつも痕をつけていく。

特に首筋には執拗に痕をつけた。

――カタン……。

不意に、天蓋の向こうで物音がした。

見なくとも、それがセドリックであることはわかっていた。

昨日も何度目かの行為の途中で彼が部屋に入ってきたことは知っている。

忙しない息づかいと激しい律動、コリスの嬌声を耳にして引き返したようだが、懲りずに朝も様子を窺いにきたらしい。

しかし、アリシアがその気配を気に留めたのはほんの数秒程度だった。

「この身体も、声も…、すべて私のものだ」

「……アリシア、さま」

絞り出したアリシアの声に息を呑み、コリスの目に涙が滲んだ。

激しい抽送を繰り返し、また赤い痕をつけていく。

いつの間にか部屋からは気配が消え、また二人だけになる。他のことなど何も考えたくなかった。

「あっ、ん…っ、あっあぁ…っ」

次第に彼女の声が甘露のように響きだす。

大きく息をつき、アリシアは甘い声を紡ぐ彼女の唇をぺろりと舐めてみる。

本当に甘い気がして、そのまま何度も舐め続けていると、彼女は小さく笑ってアリシアをふわりと抱きしめた。

「……コリス…ッ」

得体の知れない想いが込み上げてくる。

やはり彼女がとても怖い。

優しく抱くことさえできないのに、どうしてそんな顔ができる。

苦しくなって自分の胸を引き裂きたい気持ちに駆られたが、この感情がどこから来てい

るものかは未だよくわからなかった――。

第五章

風が吹きすさび、窓の外に広がる深い森がざわついている。

屋敷の中はとても静かで、人がいても笑い声も聞こえない。

アリシアが殺されかけた翌日には、いつもの光景に戻っていた。

毒味役の者は治療の甲斐なく亡くなったと聞く。アリシアも縫うほどの怪我を負った。

それなのに、あれから三週間以上が経つ今ではもう、あのときのことを口にする者はなく、まるで何事もなかったかのようだった。

「アリシアさま、部屋から出なくても毎日櫛を通さないとだめですよ」

「そんな面倒なことができるか。うっとうしくて切り落としたいくらいなのに」

「何てこと言うんですか！　成長しても金色のままって貴重なんですよ？　私もそうですけど、幼いときは金色でも年を追うごとに茶色くなる人が大半なんですから！　私、こんなに綺麗な髪、見たことありません。大事にしないなんてもったいないです！」

「……だったらおまえがなんとかすればいいだろう」

「だから最近はこうして毎日、私がアリシアさまの髪に櫛をお通ししてるんです。おかげで前よりサラサラでぴっかぴかですよ」

「……」

屋敷の静けさなどお構いなしに、アリシアの部屋では朝からたわいない会話が交わされていた。

コリスは力説しながら彼の髪をせっせと櫛で梳いていく。

いっぽうでアリシアは呆れた様子を見せ、それでも最後には黙ってコリスのやりたいようにさせていた。

このやりとりを誰かが見たなら、世話係が王女に対してずいぶん馴れ馴れしいと思うかもしれない。王女自身がそれを許していることに驚く人もいただろう。

だが、こんなやりとりができるようになったのは数日前からだ。

怪我を負ってからしばらく、アリシアの精神状態はかなり不安定だった。

彼はコリスを傍に置いて離そうとしないうえ、他の使用人はおろか、セドリックさえ部屋に入ることを拒んだのだ。

コリスが自分の食事を取りに行こうとすれば、これからは一緒に食べればいいと言って、以来この部屋で彼と食事を共にすることになった。また、アリシアが眠っているのを確認して着替えを取りに自室に戻ろうとしたとき、追いかけてきた彼に連れ戻されたこともあった。

あのときはかなり肝を冷やした。

まだ部屋を出たばかりで誰にも見られずに済んだからよかったが、アリシアは乱れたガウンのままで廊下に飛び出し、ほぼ半裸の状態でコリスを追いかけてきたのだ。

けれど、そんな不安定な状態も最近はずいぶん落ち着いた。

触れ合えばすぐにコリスの身体を求めていたが、次第にそれだけではなくなり、日中は二人で窓の外を眺めたり、薬草でさまざまなものを作って過ごすようにもなった。

そうして一日の大半を二人きりで過ごしているうちに、たわいない会話を交わせるまでになったのだ。

しかし、ここに来てそろそろ三か月。

コリスはいまだ言い出せずにいることに頭を悩ませていた。

――どうしよう。ポール兄さまの結婚式のこと、まだ言ってない……。

もっと早く言うつもりだったが、ようやくここでの生活にも慣れてきて、そろそろ話そうとした矢先にさまざまなことが起こってしまった。言い出せる雰囲気ではなくなって、完全にきっかけを失ってしまったのだ。

とはいえ、結婚式まで日が迫っているのに、いつまでもぐずぐずしている場合ではない。

少し落ち着いた今なら大丈夫だろうか。

コリスは彼の髪を梳きながら、遠慮がちに話しかけた。

「あの…、アリシアさま……」

「なんだ」

「実はその…、もうすぐ私の兄が……――」

話を切り出した直後、

――コン、コン。

あまりにも悪いタイミングでノックする音が響く。

コリスは肩を落とし、喉から出かけた言葉をぐっと呑み込むと、気持ちを切り替えて扉を開けた。

「あ、セドリックさま。おはようございます」

「おはようございます」

やってきたのはセドリックだった。

彼と顔を合わせるのは何日ぶりだろう。アリシアに入室を拒まれてからというもの、セドリックは何日かに一度様子を窺いに訪れるだけになっていた。

きっと彼はアリシアとコリスとの関係に勘づいている。

それでも何一つ口を出すことなく、ただ黙ってアリシアの命令に従い、日々の職務を淡々とこなしているようだった。

――アリシアさまのセドリックさまに対する態度が、ときどき妙に冷たいのはどうしてかしら……。

コリスはふとそんなことを考える。

思えば初めてここに来たときもそう思ったのだ。

幼い頃からずっと傍で仕えてきた人なのに不思議で仕方ない。

背後から襲われ、命を狙われたあのときも、セドリックは我が身を顧みずにアリシアを守ってくれたのに……。

「アリシアさまに来客です」

「お客さま、ですか？」

セドリックは頷き、ソファに座ってぼんやり窓の外を見ているアリシアに目を移す。

一体誰だろう。人が訪ねてくるなんてコリスがここに来て初めてだった。

「どうやらお忍びでいらっしゃるらしく、また供も連れずにいらしたようです。お会いいただけますね？　来ているのはクロード殿下です」

「えっ!?」

コリスは思わず声を上げる。

クロードとはアリシアの義弟の名だ。

どういうことだろう。王宮にいるクロードがいきなり来た理由がわからない。

しかも今のセドリックの言い方だと、何度も来ているように聞こえた。

「王子というのは、よほど暇なのだな」

「アリシアさま、お言葉がすぎます」

「あぁ、わかっている。いつものようにあれの相手をしてやればいいんだろう？」

「お願いします」

「まったく面倒なことだ。こんな場所までわざわざ物好きな……」

アリシアはため息をついて立ち上がり、そのまま寝室に向かう。

何をしに行ったのだろうと不思議に思ったが、それから何分経っても彼は姿を見せなかった。

――まさか、ふて寝でもしているの……？

さすがにそれはないと思ったが、気乗りしない様子だったのが気になり、だんだん心配になってコリスも寝室に向かった。

「アリシアさま、どうされたんですか？」

「……ん、あぁ。手袋を探していた」

「手袋？　いつもされているものでしたら、向こうの部屋のテーブルに用意して……」

「いや、あれではだめだ。前腕の半分ほどの長さしかない。上腕までのやつがいいんだ」

「えーと、要するに長い手袋ということですか？」

「そうだ。黒いレースの手袋があったはずなのだが」

「黒いレースですか……」

コリスは反芻しながら部屋の中程まで進んだ。

いつもと違う手袋にしたいなんてどうしてだろう。

弟とはいえ相手は王太子なわけで、おしゃれをして会うためだろうか。

よくわからなかったが、闇雲に探しても仕方ない。

アリシアは見た目の繊細さとは違って大ざっぱなところがあるので、きっとどこかに落としたままになっているのだろうと衣装がけの周囲の床を探した。

「なぜ下を探すんだ。そんなところにあるわけがないだろう」

「だって、前にアリシアさまは廊下に落としたブレスレットを部屋で失くしたと思い込んでいたじゃないですか。私に窃盗の容疑までかけたりして……」

「あっ、あれは……」

「あ、これかしら？　アリシアさま、たぶんこれです！」

「……」

コリスは衣装がけの隣に置かれた本棚の後ろの隙間に影を見つけた。

すかさず手を伸ばして摑み取るが、黒いレースの手袋はくしゃくしゃだった。コリスは眉を寄せ、指先でしわを伸ばしながらアリシアに目を向けた。

「これ、本当に使いますか？」

「……使う」

彼は気まずそうにその手袋を取り上げる。コリスの視線を気にした様子で目を泳がせ、無言で埃を払って手袋をつけていた。

どうやら先ほどの嫌味を気にしているようだ。

コリスはくすっと笑い、彼を手伝う。アリシアの雰囲気が前よりずいぶん柔らかくなったから、つい調子に乗ってしまった。

「行くぞ」

「私もご一緒していいんですか？」

「おまえは私の世話係だろう。挨拶くらいはしておけ」

「はい…っ！」

目的を果たし、コリスたちは寝室から出て行く。

部屋の扉の前では先ほどと同じようにセドリックが立っていた。彼は寝室から出てきた自分たちをじっと見ていたが、何も言わず扉を大きく開けた。

「参りましょう」

そう言って先導するセドリックの後ろをアリシアは着いていく。

コリスはさらにその後ろを歩き、ぴんと伸びた背中をじっと見つめた。

さらさらの豊かな髪が窓から差し込む陽の光で一層輝き、それが全身から放たれている錯覚を抱かせ、とても綺麗だった。

――アリシアさまが男性として育っていたら、どんな未来が拓けていたのかしら。

もしものことを考えても意味はないけれど、王女を演じるアリシアの凛とした姿を見ていると、コリスはそのもしもを無性に考えてしまう。

「コリス」

「はっ、はい！」

不意にアリシアに呼ばれ、ハッと我に返る。

ついぼんやりしてしまった。先の言葉を待っていると、彼は僅かにこちらに顔を傾けて小さな声で問いかけてきた。

「先ほど、何を言いかけた？」

「え？」

「もうすぐ兄が…、で話が止まったが」

「あ、あぁ…。あれはその……、今でなくても……」

「今は歩いているだけだ」

「それはそうですが」

「いいから言ってみろ」

「は…はい……」

低い声に促され、コリスはぎこちなく頷く。

こんなときに話すことではないと思ったが、折角の機会ではあった。

いつまでも黙っているわけにはいかず、思いきって切り出すことにした。

「兄が結婚することになり、一週間後に式を挙げるんです」

「それで？」

「それで…、直前のお願いになって本当に申し訳ないのですが、その結婚式に出席するため、何日かお休みをいただけないでしょうか。三日…、いえ、二日で構いません」

「……」

アリシアは黙り込み、やや歩く速度が遅くなる。

差し迫ってから言うなんてと怒られるだろうか。

どきどきしながら様子を窺っていると、アリシアはこちらに傾けていた顔を前に向け、小さな声で呟いた。

「そうだった。おまえには違う世界があったのだったな……」

歩く速度は元どおりとなり、規則的な足音が廊下に響く。

アリシアは良いともだめだとも言わない。

今の言葉をどう捉えればいいのかと彼の背中を見つめていたが、結局明確な答えをもらうことはできなかった――。

＋　＋　＋

「姉上、お久しぶりです！」

広間に向かうと、ソファに座っていた男が笑顔でアリシアに駆け寄ってきた。

どうやら彼がクロード王子のようだ。

アリシアより高い身長。緑の瞳に茶色の髪。

少し日焼けした肌は見る者に活発な印象を与え、アリシアと似た部分を探すほうが難しかった。

「なんだか急に会いたくなって、護衛を撒いて来てしまいました。前に来たのは半年……、いや、もっと前だったかもしれません」

「そう？　あまり覚えていないわ」

「ははっ、お元気そうで何よりです。挨拶のキスをしても？」

「ええ、このままでいいなら。この手袋、二の腕まであってすぐに外せないの」

「もちろんです」

アリシアは素知らぬ顔でクロードに手の甲を差し出す。

――あの手袋、床に落ちて埃がついていたのに……。

あとから入ってきたコリスは、二人のやりとりに顔を引きつらせる。

しかし、何も知らないクロードは片膝を床につき、差し出された手を握ると、甲に口づけてしまう。

平然とした様子でそれを見下ろすアリシアと、挨拶を済ませて嬉しそうに立ち上がるクロードとの温度差は大きく、見ているほうが冷や汗ものだった。

「おや、あなたは？　初めて見る方ですね」

「えっ!?　あのっ、あのっ、私は……ッ」

クロードは後ろに立つコリスに気づくと、人懐こい笑顔を向けた。

いきなり話しかけられるとは思わず、コリスは驚いてすぐに反応できない。

これではアリシアに恥を掻かせてしまう。なんとか落ち着かねばと胸に手を当てていると、アリシアが振り向いて助け船を出してくれた。

「この子は私の世話係なの。コリス、挨拶なさい」

「はっ、はいっ。お目にかかれて光栄です。コリスと申します」

「こちらこそ。いつからここに？」

「三か月ほど前からです」

「へぇ、これは驚いたな。姉上が身のまわりに人を置くなんて、どんな心境の変化があったんですか？」

「別に何の変化もないわ。世話係の一人くらい置くべきだと言ってセドリックが連れてきただけよ。――コリス、飲み物を持ってきてちょうだい。熱い紅茶がいいわ」

「はいっ。あ、クロードさまは何になさいますか？」

「いえ、私はまだ飲みかけがあるので。お気遣いありがとう」

クロードはやんわり断りながら、にっこりと微笑む。

なんだか人当たりがよくて優しそうな人だ。

アリシアがあまりにも気乗りしない様子だったから、どんな嫌な人かと警戒してしまっていた。そういえば、ときどき都で耳にするクロードの噂は次期王として期待する声ばかりで、国民の人気も高いと聞いたことがあった。

精悍な顔立ちは凜々しく、アリシアに向けられた眼差しは一際優しい。ソファに促し、アリシアの斜め前に座り、嬉しそうに微笑む姿は心から姉を慕う弟といった感じだ。

対照的にアリシアのほうは驚くほど素っ気ない。受け答えも「そう」とか「えぇ」ばかりで、かなり適当だ。相手をするのが面倒だとその背中が言っている気さえした。

——あ…、クロードさまは自分たちの母親が違うことを知らないんだわ。

納得すると同時に複雑な気持ちになった。

片方だけが抱える秘密。

片方だけが何も知らずに無邪気に慕う。

家族からの愛情を疑ったこともないコリスは、なんだか違う世界を垣間見た気分だった。

「手伝いましょう」

「あ、セドリックさま」

厨房に湯をもらいに向かうと、途中でセドリックに声をかけられる。

今まで手伝うなんて言われたことがなかったのに、わざわざ応接間から追いかけてきたようだ。不思議に思ったが断ることでもないので、コリスは素直にお願いし、二人で紅茶の準備をすることにした。

「クロードさまはアリシアさまのこと、とても慕っていらっしゃるのですね。いつも今日のように突然いらっしゃるのですか？」

「そうですね。思えば、お二人の初対面も突然でした。今から三年前のことです」

「三年前が初めて…？」

「えぇ、ある日突然クロードさまがこの屋敷にやってきたのです。今のクロードさまはすっかり丈夫になられましたが、昔は何度か生死の境を彷徨ったことがあったほど身体が弱かったのです。そんな自分が王位を継ぐことができるのかと、ひどく思い悩んだ末の行動だったそうです。自分以上に病弱で王宮に住むこともできない姉の噂を何度か耳にしたことがあったようで、幼い頃から会ってみたかったのだと……」

「そう…だったんですか」

コリスは相づちを打ちながら、手際よくティーセットを準備するセドリックの動きを目で追いかける。

つくづく自分は王族の話に疎いようだ。

アリシアが病弱という噂はかろうじて聞いたことがあったが、クロードもそうだったというのは初耳だった。

「でも、アリシアさまの性格を考えると、感動の対面というのは想像できませんね」

「ふふっ、なかなか鋭いですね。そうなんです。今日のように護衛を撒いてお越しになったクロードさまを一瞥して、アリシアさまは『風邪が移るから近づかないで』と言い放ったのですよ。青ざめて咳き込むクロードさまを見て風邪だと勘違いしたようです。噂ではアリシアさまは病弱ということになっていますが、実際は風邪など滅多に引かない人なのに……」

「それは……、すごく想像できてしまう光景ですね」

「見ているほうは冷や汗ものでしたけれどね。……ですが、それがクロードさまにはとても新鮮だったようです。病弱ゆえに周りから過度に干渉されることに嫌気が差していた部分もあるのでしょう。そのうえ、病を患っているようには見えないアリシアさまを目にして、病気を克服したからだと思い、自分もいつか元気になれるに違いないと希望を持ったのだとか……。その後は成長期もあって食事の量が増え、次第に体力もつき、一年後に再びやってきたクロードさまは見違えるほど健やかに成長しておられました」

セドリックは目を細め、柔らかく唇を綻ばせる。

思いがけず優しい表情を目にして、コリスはなんだか不思議な気持ちになった。

「……あの、どうして私にそんな話をしてくれるんですか？」

彼はずっとアリシアとコリスの関係を見て見ぬ振りをしている。

咎めもせず、口出しもしない。おまけに昔話までしてくれて、このまま目を瞑る気でいるのかと不思議で仕方ない。

「行きましょう」

「あ、はい……」

ほとんど一人で準備を終え、セドリックはティーワゴンを押していく。

隣を歩き、コリスは彼の横顔を見つめる。

急に黙り込んでしまった。聞いてはいけないことだったのだろうか。

しばらく沈黙が続いたが、程なくしてセドリックは前を向いたまま口を開いた。

「……どうしてでしょう。知ってほしかったのでしょうか」

「え？」

「クロードさまの成長は喜ばしいことです。……けれど……、だからこそ、もうあまり時間がないように思えて……」

「……？」

心なしかセドリックの声は震えていた。

どういう意味か理解できず、コリスは首を傾げる。

けれど彼が続きを話すことはなく、その後は一切の会話もないまま、応接間に戻ったのだった。

「——あら？」

ところが、部屋にはなぜかクロードしかいない。

アリシアはどこへ行ってしまったのだろう。きょろきょろと部屋を見回していると、肘掛けに頬杖をついてうたた寝をしていたクロードが目を覚まし、身じろぎをしながらくすっと笑った。

「姉上なら部屋を出て行かれましたよ」

「えっ!?」

「しばらく戻らないかもしれません。いつもそうなんです。気まぐれな猫のような人なので」

「さっ、捜してまいります！」

「あぁ、いいんです。変に思うかもしれませんが、私は姉上のいるこの静かな屋敷でぼんやりしているのがとても好きなんです」

「でも……」

「その紅茶は私が引き受けましょう」

クロードは特に怒った様子もなく、穏やかに微笑んでいる。

本当にそれでいいのかと疑問には思ったが、隣に立つセドリックに「殿下の仰せのとおりに」と言われて言葉を呑み込む。クロードも一人になるのを望んでいるように見えたので、自分が出しゃばることではないと思い、コリスは黙って用意した紅茶を彼に運んだ。

「姉上を頼みます」

「え？」

コトン、とテーブルにカップを置くと、クロードと目が合った。

「ここは静かでいいところですが、ずっと一人でいるような場所ではない。とても心配だったんです。だから、あなたのような明るい人が来てくれてよかった」

「クロードさま」

「どうか、姉上のことをよろしくお願いします」

「は、はい…っ」

ただの世話係に向かって、なんて腰の低い人だろう。

コリスは涙を浮かべ、深く頭を下げる。

クロードは心からアリシアを慕っているのだ。

彼ならば、本当のことを知っても、変わらずにアリシアを慕ってくれるのではないだろうか。

零れそうな涙を拭い、コリスは部屋を出る。

無性にアリシアと話がしたくて、彼を捜す足は自然と速くなった。

＋　＋　＋

その頃、アリシアはコリスの部屋にいた。

机の前に置かれた椅子に腰掛け、部屋の中をぐるりと見回す。

花柄のベッド。若草色のカーテンに絨毯。

クローゼットの前に置かれた姿見。

前に一度来たことがあったが、まともに見るのはこれが初めてだ。

「少女趣味な部屋……」

コリスはこういう部屋が好きなのか。

ぽつりと呟き、アリシアは手に持った手紙の束に目を落とした。

これらはコリスの家族が彼女に宛てたものだ。

先ほど、ふらりとこの部屋に立ち寄った際に目につき、いくつか読んだものの、途中で苦痛になってやめた。

結婚を控えた兄のポールは妹を心配してばかりいた。

大股で走って呆れられてはいないか。失敗して周りに迷惑をかけていないかと毎度問いかけてきて、自身の事業も順調に走りだしているから心配しないようにと綴られていた。

最近手紙の返事が遅いと寂しがる母は、日々の出来事を詳細に書き綴っていた。

屋敷の屋根がまた雨漏りをしたこと。ボロボロだった外壁も含め、今度は職人に頼んで直したこと。娘からの仕送りに感謝し、ついでに父の腰痛がよくなったことや使用人のドナが掃除の途中で転んで足首を捻挫し、皆で心配する様子を事細かに伝えていた。

賑やかさが頭に浮かぶ。

読んでいるだけなのに、苛立ちが募って頭が痛くなるほどだった。

「……こんなもの」

アリシアはその中の一通を摑み、力を込めて破く。

細かくなるまで引き裂き、絨毯の上に散らばっていく様子を無感動に眺めながら他の手紙も次々に破いた。

中にはコリスの書きかけの手紙もあった。

兄の結婚式に出席することや、久しぶりに家族で会うのが楽しみだということ。淑女としてはまだ半人前にもなっていないが、少しは成長した気がする、アリシアさまとも仲良くさせてもらっているから安心してほしいというようなことが書かれてあった。

「やはりおまえには違う世界があるのではないか……ッ！」

アリシアは書きかけの手紙も残らず引き裂き、それでも募る苛立ちに息をつく。

ここに立ち寄ったのは、クロードと会う前に『兄の結婚式に出席したい』というコリスの話を聞いたからだ。

クロードの相手など、どうせいつも適当にしかしていない。

あとでもう一度顔を見せれば、それで充分だと広間を出てきた。

一週間後の兄の結婚式。

その言葉が頭の隅に引っかかり、彼女が初めて屋敷に来た日に自分の家族の話をしていたのをふと思いだした。

家族とは何だったろうか？

なんとなく、彼女の部屋に来ればわかる気がした。

しかし、すぐに見つけた手紙には遠い異国のような世界が広がっていて、自分には届かないものだと痛感させられただけだった。

「――えっ、アリシアさま？」

そのとき、扉が開いて声を掛けられる。

目を向けると、コリスが顔を覗かせていた。

「どうしてこんなところに？　私、屋敷中捜し回って……」

彼女は話しかけながらこちらに近づいてきたが、途中でぴたりと足を止めた。

絨毯に散らばった白い紙を見ても初めは瞬きをするだけだったが、徐々に青ざめていく。

驚くと人はこういう反応をするのかと、アリシアはぼんやりとそんなことを考えていた。

「これ…、床のこれは……、何ですか？」

「そこの棚の引き出しに入っていた。書きかけのものはテーブルに出しっ放しだった」

「……ッ、……どうして…、こんな……」

「どうして？」

「聞きたいのは私のほうです！　どうしてアリシアさまが勝手に破くんですか？　これは私に来た手紙です…っ。いくらなんでもひどすぎます…！」

「……」

「それほど…、それほどクロードさまとお会いになるのがお嫌ですか？　苛立ちをこんなふうに表すほど……？」

「クロード？」

「アリシアさまがクロードさまとの境遇の違いに憤るのはわかります。だけど、あんな素っ気ない態度を取らなくてもいいじゃないですか……。手袋のことだって……。クロードさまはあんなにわかりやすくアリシアさまを慕っていらっしゃるじゃないですか……っ」

「クロードは関係ない。なぜそんな話になる？」

「だったらどうしてですか!?　理由がないなら、こんなの単なる嫌がらせじゃないですか……っ！」

彼女は目に涙を溜め、絨毯に散らばった紙の前で膝をつく。

それらを手で摑み、目を凝らしているが、細かく破いたので欠けた文字が見えるだけだ。涙をぽろぽろと零して紙の破片を抱きしめ、コリスは「ひどい、ひどい…っ」と嘆いていた。

けれど、アリシアの苛立ちはさらに募っていく。

クロードの肩を持った言い方が気に入らなかった。

手袋は別に嫌がらせのためにしたわけではない。

クロードは会うと必ず手の甲にキスをしてくるから、外せない言い訳が必要だった。

この固く骨張った手を見せるわけにはいかないだろう。少し前に使ったものを寝室のどこかに置いた記憶があったから、それでいいと思っただけだ。

己を偽ることなく何不自由なく生きてきた義弟。

妬ましいというより、近づかないでほしいという気持ちのほうが強かった。

慕われているからといってどうして私が優しくしなければならない？

どうして私がそこまで気遣ってやらねばならない？

おまえはクロードが気に入ったのか？

「そんな紙切れのことで目くじらを立てるな」

アリシアは低く呟き、ぐっと拳を握る。

すると、コリスは顔をくしゃくしゃにして手にした紙の破片を握り、それごとアリシアの膝を叩いた。

「紙切れなんかじゃありません…っ！　どうしてそんなひどいことが言えるんですかッ!?」

彼女の頬を涙が伝い、絨毯にこぼれ落ちる。

胸がちくりと痛んだが、それ以上に苛つきが強くなっていく。

彼女に大切なものがたくさんあることが堪らなく腹立たしい。

自分には何もないことがとても哀しい。結局、自分は置いて行かれるのかとアリシアは息を震わせ、コリスの腕を摑んだ。

「いた…ッ」

「いいからもう忘れろと言っている。これ以上私を苛つかせるな…っ！」

「……っ」

強い口調にびくつく彼女を見てアリシアは薄く笑った。

そのまま強引に引き寄せると、唇が触れるほど顔を近づけて囁く。

「一週間後もその先も、私は、おまえがこの屋敷から出ることを許さない」

「――え」

「来い」

「あ…っ!?　や、待ってください……っ」

差し伸べた手を無かったことになどさせない。

数ある中の一つになどなるものか。

アリシアは立ち上がり、戸惑うコリスを引っ張ってベッドに向かった。

だが、その先に起こることを予感してか、彼女は首を横に振って手を振りほどこうとする。

今さら嫌がる素振りを見せられたことにまた苛立ち、アリシアはギッと音がするほど歯を噛みしめ、力任せにコリスをベッドに放り投げた。

「きゃあ…っ!?」

ベッドで跳ねる身体に背後からのしかかり、性急にスカートをまくり上げる。

柔らかな白い脚があらわになって、アリシアは誘われるようにふくらはぎに触れ、そこから太股まで指先でなぞりながら首筋を強く吸った。

「……んッ、やめ…、アリシアさま、話を……っ」

「つまらない話はしたくない」

「お願…します…ッ。話を、話を……っ」

コリスはなおも首を横に振り、なんとか逃げようと腕の力で前に進もうとする。

あまりに必死にもがくものだから、いつものようには簡単に事が進まない。

これ以上何の話をするというのだ。眉をひそめて動きを止めると、彼女は今だと言わんばかりにアリシアの下から抜け出した。

「あ…っ!?」

だが、逃げようとするばかりで周りが見えていなかったらしく、コリスはベッドから転がり落ちてしまう。

アリシアはゆっくりベッドから下りて彼女の前に立った。ハッと見上げた彼女は顔を青くして、慌てて立ち上がると、足をよろめかせながら窓のほうへと逃げていく。

「どうして逃げる?」

「お願いします、兄の結婚式だけは行かせてください……ッ。約束したんです…、必ず行くって」

「……」

「二日ここを空けるのがだめなら、その日のうちに帰ってきます。早朝に出て、夜には帰ってきます。だからお願いします……っ」

涙を浮かべてコリスは必死に懇願する。

しかし、その言葉を耳にした途端、アリシアは鼻で笑った。

「一度ここを出て、必ず戻るとどうして信じられる？」

「……っ!?」

目を見開き、コリスは言葉を失っている。

だが、そんな顔をされてもアリシアには響かない。今も逃げようとしているのに、何を信じられるというのだろう。

いつだって想像するのは取り残された自分の姿だ。

生まれたときから道は閉ざされ、立ちはだかる厚い壁の向こうには進めない。

彼女には帰る場所があり、歩む未来もある。

しかしそれは、アリシアの人生とは重ならない。

自分にはどう足掻いても絶対に手の届かないところにあるその光は、遠くから眺めることさえできないものなのだ。

「コリス、いい子にしておいで」

アリシアは手袋を外し、窓際で立ち尽くす彼女に近づき、そっと手を伸ばす。

びくんと肩を震わせ、向けられた眼差しには戸惑いが浮かんでいた。

——彼女のどこかに一生消えない痕を刻みつけてしまえたらいいのに……。

アリシアはコリスの顎を引き寄せて無理やり口づける。

舌を入れて彼女の舌に強引に絡め、服の上から胸を揉みしだいた。

「……ッ、ん、あっ、アリシアさま…、待ってくださ…──」

「嫌ならこの舌を噛み切ればいい。本気で逃げたいなら、突き飛ばして拒絶すればいいだろう」

「そんな…、できるわけ……」

「なぜ？　私の立場がおまえより上だからか？」

「そうじゃありません…っ」

「ならば同情か」

「違います…っ」

他に何があるというのだ。

苛つきが募り、アリシアはコリスの身体を反転させ、窓に押しつけた。

その背中から動揺が伝わったが、気にせず後ろから腰を抱き、再びスカートをまくり上げる。なめらかな太股を撫でながら、薄茶色の柔らかな髪を掻き分けて細いうなじに口づけた。

「ん…っ」

微かに聞こえる甘い喘ぎ。

触れれば反応する素直な身体に目を細め、アリシアはコリスの肌にいくつも痕をつけていく。肌に散る赤い花びらのような痕が自分の残したものだと思うと堪らなく興奮した。

「んっ、い…、あっ、……ッ」

痕をつけるたびに彼女は身体をびくつかせ、痛みとも快感とも取れる声を漏らす。

アリシアはその甘い声音にこれ以上ないほど煽られ、徐々に息を弾ませ、性急な動きで彼女のドロワーズの紐をほどくと膝まで一気にずり下げた。

「あ…っ!?」

「コリス、脚を開いて腰を突き出せ。これでは先に進めない」

「……ッ、アリシアさま…、わ、私…っ、絶対この屋敷に帰って」

「もうその話は終わった」

「アリシアさまっ」

「……」

やけに食い下がる。

もっと追い詰めなければだめかとアリシアは息をつき、コリスの服の背中についたボタンを手慣れた動きで外していく。

あらわになっていく肌はきめが細かく触り心地がいい。

目についた肩甲骨の凹凸を甘噛みしながら腰まであったボタンを外し、両肩が見えるところまで脱がせた。

「ふぁ…、ん……、外から見えちゃ……」

「誰か見ているのか？」

「い、え…ッ、でも、誰か来たら……」

「相手が私だと気づけば面白いのにな」

「え…、――あぁ…っ!?」

アリシアは彼女の耳元で囁くと、はだけた服の隙間から左手を突っ込んで直接乳房を鷲掴みにする。

同時に太股の感触を愉しんでいた右手を両脚の隙間に潜り込ませ、指先で陰部をくすぐってやった。

「ひっ、あっ、あぁう…ッ！」

コリスは全身を波打たせて喘ぎを上げる。

その反応にアリシアは唇を歪めてさらに指を動かす。ひと撫でごとにくちゅくちゅと淫猥な音を奏で、指先にひくつきが伝わった。

「もうこんなに濡らしていたのか」

「だって……」

「なんだ？」

「アリシアさまが…、触るから…、です……っ」

「この手がそんなにいいのか？」

「あっあっ、あぁ…っ」

中指で入り口を何度か突き、その動きのままゆっくり中へ入れてやると、コリスは窓に額を押し当て、指の刺激に身を震わせていた。

少しずつ奥まで入れて、また引き抜く。中から蜜が溢れてくるのが堪らない。

そのうちに指を二本に増やし、中でばらばらに動かしたり、時折思いだしたように彼女の弱い部分を擦ってやった。

だんだんと内壁の締め付けが強くなり、呼吸が荒くなっていく。指を三本に増やして動きを速めてやると、彼女はその動きに合わせて腰を揺らしはじめた。

「あっ、あっあっ、アリシアさま…っ」

「コリス…、もっと脚を大きく開いてごらん」

「んっ、あ…っ、は…話、を……っ」

「……話は、あとにしよう」

「ほっ、ほんとですか……？」

「だから早く、私をおまえのナカに入れてくれ」

「あぁ…っ」

アリシアは耳元で囁き、第二関節まで入れた指をくるくるとかき回す。

敢えて優しい口調にしたからか、彼女はおずおずと窓の縁に手をついて脚を広げ、恥ずかしそうに腰を突き出した。

なんて淫らな姿だ。

太股まで愛液が滴り、濡れそぼった陰部がいやらしく光っていた。

アリシアは何度か指を出し入れしてから引き抜くと、興奮しきって窮屈になった自身の下着をもどかしく緩める。硬く屹立した熱の先端からは先走りが滴り、欲望に忠実な自分を笑い、彼女の中心に自身を押し当てた。

早くこの中を味わいたい。

奥まで挿れてめちゃくちゃにかき回したい。

目の前の細腰を摑むと同時に己の腰に力を入れ、アリシアは最奥に向かって強引に内壁を押し開いていった。

「あ、あ、あぁ…っ、あ――…ッ！」

「……っく」

甲高い喘ぎに一層の興奮が掻き立てられる。

奥へ行くほど強く締め付けられて、気を抜くと一瞬で果ててしまいそうになったが、なおも腰を突き出し彼女の腰を引き寄せた。一気に繋がりが深まり、自身の先端が柔らかな肉壁に当たった。

「ひっ、あぁー…ッ」

コリスは背を弓なりにしならせ、喉を反らして喘ぐ。

その身体を後ろから掻き抱き、アリシアは欲望のままに腰を前後させて内壁をかき回す。

もう幾度となく繰り返した行為だというのに、この性急さには我ながら呆れた。

激しく波打つ身体。うねる内壁。

我慢などできるわけがなかった。

一度始まれば、ひたすら快感を求めて貪り尽くすだけだ。

彼女の身体はまるで花の蜜のようだ。一度味わえばそれなしではいられない。

媚薬とはこういうもののことを言うのだろう。

いつか頭の芯が焼き切れて、おかしくなってしまうに違いない。

「あっあっ、アリシア、さまぁ…っ」

甘えるような声が、胸の奥まで響く。

狂おしくなって彼女の肩口に歯を立て、律動で揺れる乳房を後ろから回した手で揉みしだいた。

執着は日増しに強くなっていく。

この関係になって一か月、どうにか彼女を自分のものにしたくて、自分のいる深い沼底まで引きずり込むことばかりを考えていた。

「コリス、かわいそうに……」

「あっあぁっ、んんっ、なに…が、……ああうっ」

呟きが耳に届いたようで、彼女は振り向こうとしていた。

しかし激しい突き上げにあって、問いかけは喘ぎに変わった。

——私などに捕まって、かわいそうに……。

アリシアは彼女の腰を掴み、突き入れるたびに引き寄せる。

そうすると繋がりが一層深くなり、本当に一つになれた気がした。

「ふっ、ああぁ…、ひあっ、ああ…っ」

苦しげな喘ぎ。

にもかかわらず、締め付けは強くなっていく。

後ろから抱きしめて耳元で息をつくと、コリスは全身をびくつかせて自ら腰を揺らした。

アリシアは夢中で腰を振り、内壁をぐるりとかき回す。

緩急をつけ、角度を変え、せきたてられるように快感を追い求めた。

「あっあぁっ、ああっ、アリシアさま…ッ、アリシアさま、アリシアさま……ッ」

「……ッ、コリス……ッ」

息を荒らげながら窓の外を見上げ、アリシアは差し込む陽の光に目を細める。

青い空、広大な森。

まるでこの世で二人きりのようだ。

他には何も要らない。何も望まない。

ほしいものを手に入れられる力があればよかったのにと、生まれて初めて思った。

「あぁ…っ、あぁぁっ、ああ――…ッ！」

びくびくと全身を波打たせ、コリスは甲高い嬌声を上げた。

強い締め付けに、程なく訪れる断続的な痙攣。

絶頂を迎えた姿に一層の興奮を覚え、アリシアは彼女の身体を小刻みに揺さぶった。

まだだ。もう少し味わっていたい。

そう思いながらも、迫り上がる強い射精感には逆らえない。アリシアは貪るように腰を突き入れ、彼女の肩を甘噛みしながら背筋をぶるっと震わせた。

「──…ッ」

一瞬で駆け抜ける快感。

頭の芯が痺れ、間を置いて最奥目がけて欲望を吐き出す。

彼女の中を自分で汚すことは、これ以上ないほどの快楽だ。

誰にも見せたくない。いっそ閉じ込めてしまいたい。

ぐったりした身体を抱きしめ、アリシアは精をすべて吐き出してもなお律動を止めずに貪ろうとしていた。

「……あっ、ひあっ、ああ…う、……あぁ…、っあ……」

しかし、弱々しい喘ぎが僅かにアリシアの理性を刺激する。

彼女はがくがくと脚を震わせて、やっと立っているような状態だった。

アリシアは息を弾ませ、そこで動きを止めると、彼女の背中で大きく息をついた。

「は、あ…っ、あ……」

途端にコリスの身体が崩れ落ちる。

それをなんとか抱き留めると、アリシアは彼女を横抱きにしてベッドに連れて行く。

思ったより軽い。

考えてみると、こんなふうに彼女を抱き上げたのは初めてだった。

コリスをベッドに横たわらせ、アリシアは澄んだ青い瞳を見つめた。

唇を重ね合わせ、ついばむような口づけを交わす。唇を甘噛みし、見つめ合い、次第にそれだけでは足りなくなって深く舌を絡め合った。

「……あ、う…」

力なく喘ぎ、それでも彼女は懸命に応えようとしていた。

胸の奥に再び欲望の火が灯るのを感じ、アリシアはコリスを抱きしめる。

果てたばかりだというのに、この身体はどうなってしまったのだ。

アリシアは熱い息を吐き、ぶるっと身を震わせた。

彼女がこわい。

——私は変わってしまった。貪欲な獣になってしまった。

それでも触れずにはいられない。この温もりを知ってしまったからだ。

湧き上がる激情を他にどうやって示せばいいのか、それさえもわからなかった。

「コリス…、私はおまえの過去にはなりたくない……」

「アリシアさま……？　……あっ」

耳元で囁き、コリスの身体にのしかかる。

次は生まれたままの姿で抱き合いたいと自身の服を脱ぎ去り、ほとんど半裸状態だったコリスの服もすべて脱がせた。

少しでも空白の時間を作りたくなかった。

冷静になれば、またコリスは話を聞いてほしいと言い出すに違いない。

一週間後の兄の結婚式。

破った手紙の欠片を見て彼女が流した涙が頭にちらつく。

しかし、床に散らばる白い紙片に目を向け、すぐさま目を逸らして見なかったことにした。

手紙の中に広がっていた世界はあまりにも鮮やかだった。

一度でも戻れば、きっと自分の傍にいても未来がないことにコリスは気づいてしまうだろう。

だから、その前に、彼女の持ち物をすべて捨て去ってしまいたかった――。

＋　＋　＋

――私は狂ってしまったのだろうか。

熱に浮かされ、一向に冷めない身体。

何度絶頂を迎えたのか、ついには吐き出す精もなくなり、それでもアリシアは彼女を抱き続けた。

気づいたときにはコリスの意識はなく、射精感だけを味わって果てていた。

コリスは身動き一つしない。

呼吸のたびに胸が僅かに上下しているだけだ。

アリシアは息を整えると、汚れた身体を綺麗にしてから彼女に服を着せてやった。

しばし彼女の寝顔を眺めていたが、傍にいるとまたほしくなりそうな気がしたので、少し頭を冷やすために彼女を残して部屋を出た。

当てもなく廊下を彷徨い、何気なく足を止め、窓の外の鮮やかな夕焼けに目を細める。

一体何時間行為に耽っていたのか……。

呆れたものだと己を笑い、アリシアは外の風に当たろうと歩き出す。

「姉上！」

それからほんの二、三歩進んだ辺りで、後ろから覚えのある声に呼ばれた。

誰だったかと一瞬考えを巡らせたが、そういえばと思いだして振り返ると、クロードがこちらに駆け寄ってくるのが目に入った。

「少し捜してしまいました。自室にはいなかったようなので」

「あぁ…。おまえが来ていたのをすっかり忘れていたわ」

「それはひどい。……でも、本当言うと、私も先ほどまで眠っていたんですけどね。とても静かなので、気持ちよく寝てしまいました」

「そう」

「ふふっ、その素っ気ない反応。姉上らしいなぁ」

適当に返事をすると、クロードはくしゃっと顔を崩す。

何が楽しいのか知らないが、嬉しそうに笑っていた。

「私は姉上のいるこの場所がとても好きですよ。誰も私を構わず、心が安らぐ。たった数時間いるだけで、いつも頭が空っぽになって気持ちが楽になる」

「……」

「けれど、ずっと過ごすとなると、ここは少し寂しすぎる気がします……。姉上を王宮に呼び寄せられればいいのですが、父上も母上もなぜかいい返事をしてくれなくて……。ここに来るたびに力不足を痛感します」

クロードは静かに微笑む。

まさかそのような働きかけをしていたとは……。

アリシアは眉をひそめて黙り込んだ。

無知とは恐ろしい。一体誰がそんなことを望んだというのか。

行けば王妃の手の者に命を狙われる。父である国王アレクセイは、これまでのように見て見ぬ振りをするだろう。この屋敷で長年繰り返されてきたことが王宮に移るだけだ。

王宮は敵の巣窟だとアリシアは思っている。幼い自分の命さえ簡単に奪おうとした。そこに飛び込むのだから、今より格段に危険が増して当然なのだ。

アリシアが王宮に行くことは一生ないだろう。

もし行くとするなら、命を落とす覚悟をしたときだ。

「……たとえ私が王宮に住んでいたとしても、おまえを放っておくだけだわ」

「ええ、そうでしょうね。私はそんな姉上を追いかけ回すのでしょう」

アリシアが適当に流した言葉に、クロードはにっこり笑って頷く。

それはかなり嫌だ。ますます行きたくない。

顔をしかめると、クロードは声を出して笑っていた。

「あぁ、姉上。今日はいつもよりたくさん話せてよかった。帰りの道中、思い出し笑いをしてしまいそうです」

「帰るの？」

「はい、何も言わずに飛び出してきてしまったので。姉上に挨拶してから帰りたかったんです」

「そう」

「姉上、少し変わりましたね。表情が豊かになって一層魅力的になった」

「……」

「では、また」

そう言って、クロードは自然な仕草でアリシアの手を取る。

そのまま手の甲に口づけ、笑顔で片手を振りながら身を翻した。

たったあれだけの会話が、いつもよりたくさん？

自分たちは今までほとんど話をしてこなかったのだと知って少し驚く。にもかかわらず、どうしてあそこまでわかりやすい好意を寄せられているのかわからなかった。

廊下の向こうに消えていく義弟のまっすぐな背中を見つめ、そういえば手袋をしていなかったと思いだす。

夕暮れ時だったからか……。

手のひらを空に向けて翳しても強い陰影が浮かぶだけで、はっきりとは見えない。

廊下に視線を戻すと、遠ざかる背中はもう見えなくなっていた。

――クロードは私の部屋に寄ったようなことを言っていた。自室でコリスを抱いていたら、どうなっていたのだろう。

静まり返る廊下でアリシアは一人そんなことを考える。

「それもよかったかもしれない」

ぽつりと呟き、ふと手首のブレスレットに目を落とした。

そういえば、今もこれを腕に嵌めているのはなぜだろう。

別に大切にしているわけではない。ぞんざいに扱って、どこへやったかわからなくなることは一度や二度ではなかった。

ただ、捨てようと思ったことは一度もない。

幼少の頃、これをアリシアに差し出した侍女は、生きていれば幸せになれると言っていた。まさかあんな子供騙しの言葉をどこかで信じているのだろうか。

「……マーガレット、これを持っていたおまえは幸せだったのか？」

時折、無性に彼女を思いだす。

けれど、返ってこない答えを求めたのは初めてだった——。

第六章

クロードが屋敷を訪れた日から何日が経ったのだろう。

靄がかかった頭の中、コリスはなんとか思いだそうとしていた。

あの日、コリスはアリシアとの激しい情交の途中で気を失い、次に目覚めたときには彼の寝室のベッドに横たわっていた。

そのとき、部屋は真っ暗で灯りもついていなかった。

それでもそこがアリシアの部屋だとわかったのは、彼の匂いがそこかしこに漂っていたからだ。

植物に触れる機会が多いからか、香水を使っているわけでもないのに彼からはいつも花のような甘い香りがした。情事の際に流した汗からも芳しい香りが漂う。

コリスはもそもそと身を起こし、ベッドから下りようとした。

しかし、突如腕を摑まれてベッドに引き戻されてしまう。驚いて上げた悲鳴は激しい口づけでくぐもった声に変わった。

声を聞かずとも相手がアリシアだということはわかった。

唇の形、舌の動き、漂う香り、彼以外であるわけがない。

アリシアはコリスの全身を指先と舌で愛撫し尽くしたあと、深く身体を繋げ、夜明け近くまで抱き続けた。

それからの記憶はとても曖昧だ。

朝でも晩でも抱かれ続け、何度夜が訪れたのかも覚えていない。

ぐったりしたコリスに彼は口移しで食事を与え、浴室に連れて行くと身体の隅々まで丁寧に洗った。

繰り返される日々。

その間、自分たちはまともに話もしていない。

何かを訴えようとすれば、すぐに口づけで封じられてしまう。アリシアは話をすることを拒んでいたのかもしれなかった。

「――…あっ」

今日は目が覚めてすぐ、アリシアに浴室に連れてこられた。

温かな湯に胸まで浸かり、彼は後ろからコリスを抱きしめる。甘い声を上げたのは、彼がコリスの腕や脚を揉みほぐしているからだった。

耳元に掛かる息。

顔を向けると、静かに微笑むアリシアの横顔が見えた。

顎が尖って、少し痩せたみたいだ。

もともと細いのに、さらに細くなった気がする。運動だってほとんどしない人なのに、
互いに気を失うほど毎日肌を合わせているのだから無理もなかった。

にもかかわらず、彼には憔悴した様子がない。

艶めく金の髪、輝きを放つ琥珀色の瞳。

薔薇の唇。雪のような肌。

全身から漂う色気は増すばかりで、強い眼差しで求められると、とてもあらがうことなどできなかった。

「……アリシア、さま…」

「コリス……」

目が合い、瞼にそっと口づけられる。

手のひらをやんわりと揉まれ、その気持ちよさにコリスは深く息をつく。

くす…と、アリシアが笑った。

唇を綻ばせたその表情が、心なしかいつもと違う。

なんだか妙に機嫌がいい。

コリスは彼をじっと見つめ、こくっと唾を飲み込んだ。

「……今日は…、いつですか……？」

声を震わせて問いかける。

アリシアは口端を僅かに引き締め、コリスの手をやや強い力で握った。

少し痛みを感じたが、それでも視線を逸らすことなく彼を見つめる。

すると、アリシアは目を伏せてコリスを抱きしめ、何も答えることなく肩に顔を埋めてしまった。

——今日がポール兄さまの結婚式なんだわ……。

答えずとも、この反応を見ればわかる。

寝室で目が覚めたとき、すでに日が高かった。

ここからローズマリー家まで三時間以上馬を走らせなければならないことを考えると、たとえ今すぐに出ても夕方近くになってしまうだろう。

どうやっても、もう間に合わない。

兄の結婚式は昼頃には始まるはずだった。

「アリシアさま、ひどい……っ！」

「……」

「……っ…、う…、……っ」

彼の腕に額を押し当て、コリスは声を押し殺して泣いた。

どうして信じてくれないのだろう。

一度ここを出たら戻らないだなんて、そんなことは考えもしなかった。

「どうしてこんなことに……っ。私はただ、ポール兄さまの結婚をお祝いしたかっただけなのに……ッ」

涙を零しながらコリスはか細い声で訴える。

アリシアは抱きしめる腕に一瞬力を込め、肩に埋めた顔を上げると、泣き腫らしたコリスを見つめた。

微かに震える唇。揺らめく瞳。

ひどいのは彼のほうなのに、アリシアはなぜかとても傷ついた顔をしていた。

――どうしてアリシアさまがそんな顔をするの？

しかし、コリスはもう何回もこの顔を見ていた。

話を聞いてほしいと訴えようとすると、彼は今のような顔をしてコリスの口を自分の唇で塞ぐ。そのくせ、コリスが泣くと動揺した様子を見せるときもあった。

おそらく、罪悪感はあるのだ。

それでも信じてはくれない。ここを離れたら戻ってこないと言って、こんなやり方で縛り付けようとする。まるで不安だと叫んでいるかのように……。

不安？

コリスはふと、彼が家族からの手紙を破いたときのことを思いだす。

彼には家族というものがない。

それがどんなものかもわからないはずだ。

あの手紙はコリスにとっては何気ない内容ばかりだったが、アリシアにはどう映ったのだろう。

――おまえには他に居場所があるのか。

コリスはずっとここにいるわけではない、いつか帰ってしまうのだと、孤独な気持ちを強めてしまったのだとしたら……。

「コリス…、もっと腕を揉むか？　おまえが気持ちいいことをなんでもしよう」

彼は思いだしたようにコリスの腕に手を伸ばす。

そんなことで誤魔化せるわけがないのに、アリシアは疲れきったコリスの身体をなおも揉みほぐそうとしていた。

「もう、充分です……」

「……」

コリスは涙を浮かべ、ふるふると首を横に振った。

このままではいけない。

大きく息をつき、黙り込む彼の手を取る。預けきっていた身体を起こし、コリスはアリシアと正面から向き合った。

「それより話がしたいです。……兄の結婚式のことではありません。私たちのことです。この先、私がどうするつもりでいるのか、どうしたいのか……、そういう話です」

「決まっている。おまえは、ずっとここにいるんだ」

アリシアはやや強ばった表情になり、目を逸らして低く答える。

まるで自分に言い聞かせているみたいだと思いながら、コリスは唇をきゅっと引き結び、握った手に力を込めてゆっくり頷いた。

「ええ、そうです」

「……なに？」

「そうです、と言いました。よくわかってるじゃないですか。私はこれから先、死ぬまでずっとアリシアさまの傍にいるんです」

「……、……何を言っている？」

自分で言っておきながら、アリシアはコリスの言葉に眉をひそめる。

やはりそうだ。彼は何もわかっていない。

だからこんなことをする。

自らの意志でコリスが彼のもとに残ろうとするだなんて考えてもいないのだ。

アリシアは哀しいほど人の気持ちに疎い。

自分に自信もない。自分には何もないと思っている。

そして、そんな彼をコリスはどうしても放っておくことができない。

こんなことをされても彼のことを理解したいと思ってしまう。

アリシアが自分にとって特別な存在だからという以外の理由などあるわけがなかった。

「——アリシアさまがどんな不安を抱えているか、私に全部を理解することはできません。

私は家族が好きです。彼らを大切に思っています。だけどその気持ちは、アリシアさまを想う感情とはまったく違うんです」

「……」

「初めて抱かれた日、これまでのアリシアさまの境遇を聞いて同情に似た気持ちは確かにありました。けれど、まったく気持ちのない人にああも簡単に身体を許せるはずないでしょう。ほしいと言われて嬉しかったんです。私を女として見てくれているのが嬉しかったんです。アリシアさまとこういう関係になる前から、私はあなたを男性として意識していたんです……っ！　アリシアさま、私はとても単純なんです。あなたのような人に、こんなに強く求められたら簡単に参ってしまいます。アリシアさまはご自分がどんな眼差しで私を誘うか知らないでしょう。私なんて一瞬で心まで射貫かれてしまうんです。……私の身体、アリシアさまに触れられるだけで淫らに啼くようになってしまいました。あなたを想うと胸の奥が切なくなります。身体も心もアリシアさまでいっぱいです。こんなにしたのはアリシアさまです。立場が下だから拒めなかったわけじゃないんです。好きな人だから拒みたくなかったんです……っ！」

「……、好き…？」

「そうです。私はあなたが好きなんです。家に戻ってどうしろと言うんですか？　他の男性と結婚しろと？　できるわけがないでしょう…っ。私にとって男の人は、アリシアさまだけなんだもの……っ！」

コリスは涙で顔をぐしゃぐしゃにしながら思いの丈をぶつけ、アリシアの胸に力いっぱい抱きつく。

だが、アリシアは抱きしめ返してもくれない。

コリスは我慢できなくなり、自分から彼の唇に吸い付いた。

「ん…っ、ん、アリシアさま…ッ、あなたが好きです……っ」

「……っ、コリ、ス…ッ」

本当はこんな気持ちは口にしてはいけないのだろう。

どんな境遇に置かれているとしても彼が王族であることに変わりはない。決して自分とは結ばれるはずのない人だ。

そして、この関係は家族にさえ打ち明けることができない。

アリシアの傍で一生過ごすと言っても、誰も理解してはくれないだろう。

それでも伝えたかった。

誰に何を言われようと、どんな反対に遭おうと、傍にいたいのだと知ってもらいたかった。

「──ひぁ…っ!?　あぁっ、あっ、あぁ────…ッ！」

直後、身体の中心に衝撃が走った。

浴槽の縁に身体を押しつけられたコリスは、アリシアにしがみついて喉を反らす。

一瞬何が起こったのかわからなかった。

彼はコリスの両脚を大きく広げてその間に身体を割り込ませ、激しく息を乱している。

身体の中心をどくどくと脈打つ熱に強引に押し広げられていて、かつてないほどの熱量で貫かれていることをようやく理解した。

「おまえ…、自分が何を言ったか、わかっているのか？」

「……ン…ッ、あぁ…っ、……わかって、ます…」

「なら…もう一度」

「ひっ、ああう…ッ」

「もう一度言え。嘘ではないと言え……ッ」

「あ…あ……、……アリシアさまが…、……好きです…っ、愛しています……っ」

「――ッ」

「あぁあ…ッ！」

想いを口にした途端、アリシアはコリスを強く抱きしめ、最奥を突き上げる。

言葉もなく抽送が始まり、上下に身体を揺さぶられ、コリスは背を反らして激しく喘いだ。

行き交う熱の激しさと、獣のような眼差しに目眩がした。

見つめられただけなのに、早鐘のように心臓がドクンドクンと打ち鳴らされて壊れてしまいそうだった。

「アリシアさま…っ」

自然と互いの唇が重なる。

すぐさま舌が絡め取られて、息ができないほど貪られた。

「ん、んう…、んんっ、はっ、ふぅっ、んんっ」

「……っは、コリス…、おまえの中にもっと私を入れてくれ……」

「ああっ、あああ……ッ」

アリシアは息を荒らげ、コリスの首筋をキツく吸う。

その間も律動は激しさを増し、バシャバシャと音を立てながら大量の湯が浴槽から流れ出していた。

奥ばかりを突き上げられて、コリスは苦しくなって身を捩る。

これ以上は堪えられないと浴槽の縁に手をかけ、無意識に突き上げから逃れようとした。

「だめだ」

「やぁ、あぁ…ッ」

だが、アリシアに腰を摑まれ、彼のほうへと引き寄せられてしまう。

さらに激しくされるのかと僅かに怯えると、彼はハッとした様子で目を見開く。

そのまま見つめ合い、いつの間にか流していたコリスの涙を唇で拭い取ると、彼は身体を繋げたまま浴槽の縁に腰掛ける。今までの激しさから打って変わって、今度は中をかき回すように優しく腰を揺らし始めたのだった。

「これなら…、逃げずにいられるか？」

「あ…っん、はっ、あっあっ」

喘ぎながらコクコクと頷くと、アリシアは目を細めてふっと唇を綻ばせる。

「……そうか。ならこのままでいよう」

とても優しい顔だった。

――アリシアさまがこんな顔をするなんて……。

胸の奥がきゅうっと締め付けられ、コリスの目からぶわっと涙が溢れた。

その涙をまた唇で拭い取られ、甘やかで淫らな腰つきで内壁を何度も擦られる。

アリシアはコリスが気持ちいいと思うところばかりを擦っているようだった。

二人が繋がっている場所からは徐々にぐちゅぐちゅといやらしい音が立ち始め、押し寄せる快感でコリスの内股はすぐにびくびくと震えてしまう。

「あぁ…ッ、あぁっ、あっあぁ…ッ」

コリスは先ほどまでとは違う甘い声を上げながら、アリシアの首にしがみつく。

アリシアはコリスの乳房を揉みしだき、色づく蕾を親指の腹で転がしている。

刺激を感じるたびにお腹の奥が切なくなっていく。無意識に彼を締め付けると、熱い吐息が耳にかかってさらに奥が切なくなった。

「……っ、……コリス…ッ」

なんて色っぽい声だろう。

自分の身体で彼が感じてくれていると思うと、胸がいっぱいになった。

コリスは自ら腰を揺らめかせ、ねだるようにアリシアの唇に吸い付く。苦しげに息を乱しながらも彼はそれに応え、角度を変えて何度か口づけたあと、突き出した舌先でコリスの舌の上を撫でてくれた。

そうしているうちに、アリシアの腰の動きが激しくなってくる。

彼は何かに堪えるように固く目を閉じると、コリスの肩に顔を埋めて軽く歯を立てた。

「あぁ…っ、ん…っは、アリシアさまぁ…ッ」

「声を聞いているだけで果ててしまいそうだ……っ」

「んあ、あっ、…私…、私も…、です……ッ」

「……っ。コリス…、一緒にいけるか?」

「は…いっ、アリシアさま…ッ、あっあっ、ああ…ッ」

掠れた囁きにコリスは全身をぞくぞく震わせながら頷く。

彼はコリスの太股を両腕で抱え、突き上げる腰の動きを速めて抱えた身体を上下に揺さぶった。

一気に深くなった繋がりに悶えると、アリシアは宥めるようにコリスの頬に口づけたが、動きを緩めようとはしない。

波打つ湯の音が浴室に大きく響く。

彼の脚は湯に浸かっているから、その動きがすべて浴槽の湯に伝わって、肌がぶつかる音に合わせて激しい水音がしていた。

その音にまで煽られ、コリスは中心を行き交う熱に身を焦がす。

激しく抱かれるいっぽうで、その唇はとても優しい。アリシアの心の深い部分と繋がっているように思えて涙が止まらなかった。

「あぁあ…ッ、ああッ、アリシアさま…ッ、アリシアさま……ッ」

声を上げるたびに彼はコリスの弱い場所を自身の先端で擦り上げる。

全身がぞくぞくとして、迫り上がる快感に目の前がチカチカした。

お腹の奥がひくつき、動きに合わせて彼を締め付けると、脈打つ熱が隙間もなくなるくらいに大きくなった。

「あっあっ、あ、あっあぁっ、あぁぁ…ッ」

「……くッ」

耳元で聞こえた掠れた呻きに、ますます快感が募る。

内股をぶるぶると震わせ、自然とつま先に力が入っていく。

奥を強く擦られ、全身を揺さぶられ、もう自分ではどうすることもできない。

きゅうっと中が収縮した瞬間、コリスはがくんと身体を波打たせる。なすすべもなく、狂おしいほどの快楽の波に攫われていた。

「ああっ、あぁぁ――…ッ！」

コリスは喉をひくつかせ、襲い来る絶頂に喘ぐ。

行き交う熱は激しさを増し、強い締め付けが断続的な痙攣に変わってもとどまることを知らない。

喘ぐ唇はアリシアの唇で塞がれ、両脚がさらに大きく広げられて一層繋がりが深くなった。

「ひぁあ…ッ、あー…ッ、あぁー…っ！」

ばちゅばちゅと互いがぶつかる音が立ち、その激しさにコリスは身悶える。

苦しくて彼の背に爪を立てると中で熱がさらに膨らんだ。アリシアはコリスをきつく抱きしめ、最奥をかき回しながら微かな喘ぎを漏らした。

「——…ッ！」

これ以上ないほど身体を密着させ、アリシアは息を震わせる。

ぶるっと背筋を揺らし、低い呻きを漏らす。

直後に欲望のすべてをコリスの奥に放ち、彼もまた絶頂の波に攫われ、最後の瞬間を迎えたのだった。

「……あっ、あ…、はっ、……あ…っ、あ…っ」

浴室には二人の乱れた息づかいと、湯が波打つ音だけが響いていた。

快感の余韻はなかなか消えず、ひくつきが収まらない。

コリスは長い絶頂に喘ぎ、アリシアの胸に預けた身体をなかなか起こすことができなかった。

やがて、背に回された手がコリスを優しく撫でる。

何度も何度も撫でられると、胸がきゅうっと切なくなって鼻の奥がツンとした。

恋人同士のようでとても嬉しい。

甘やかな雰囲気にほうっと息をつき、コリスは涙を浮かべて顔を上げた。

「アリシアさま……」

「なんだ」

「これから……、少し出かけませんか？」

「……？」

遠慮がちに問いかけると、彼は眉を寄せて僅かに首を傾げる。

その仕草がなんだかかわいくて、コリスは自分の顔が緩むのを感じながら、少し勇気を出して先を続けた。

「行き先はローズマリー家です。アリシアさまに一緒に来ていただきたいんです」

「私も…、行くのか？」

「アリシアさまに家族と会ってほしいと言っているのではありません。結婚式にはもう間に合わないけど……、それでも、今日は二人の門出なんです。私はどうしても二人の幸せを祝いたい。〝おめでとう。末永くお幸せに〟それだけ言って、皆の顔を見ておきたいんです」

「コリス……」

「アリシアさまは私が戻るのを屋敷の外で少しだけ待っていてほしいんです。必ずあなたのもとに戻ることを、その目でしっかり見てほしいんです。……一度でいいんです。家に戻るのはこれが最後でも構いません。だからどうか……、許してくださいませんか？」

コリスはそう言ってアリシアの頬に指先でそっと触れた。

ぴくんと瞼を震わせ、彼はコリスをじっと見つめていた。

こくっと動く喉仏。揺らめく瞳。

少なからず動揺し、葛藤しているのが見て取れる。

「……おまえは、本当にそれでいいのか？」

やがてぽつりと聞こえた問いかけには、僅かな躊躇いが滲んでいた。

コリスがここまで言うとは思わなかったのだろう。

しかし、迷いはなかった。

微笑みを浮かべると、アリシアは息を呑む。

頬に触れるコリスの手をきゅっと摑み、ゆっくりと静かに頷いてくれたのだった。

「……わかった。行こう」

「アリシアさま…っ」

コリスはほっと胸を撫で下ろしてアリシアに抱きつく。

兄の結婚式に間に合わなかったことに憤る気持ちが消えたわけではない。

それでも、コリスは彼と共に歩んでいくと決めたのだ。

背中を撫でる手はとても優しい。

アリシアは大きく変わり始めているのだと、コリスにはそう思えてならなかった――。

＋　＋　＋

その後、コリスとアリシアは急いで身支度をして屋敷を出た。

すでに昼を過ぎているので、ローズマリー家に着くのは夕方になる。急いで皆に挨拶を済ませても、屋敷に戻ってこられるのは完全に日が落ちたあとだろう。

気がかりは、セドリックに言わずに出てきたことだった。

突然言っても準備が必要だと言われるだろう。そうなると今日中に出られなくなると言って、アリシアは新しく配属された御者に命じて強引に馬車を出してしまったのだ。

「本当に黙って出てきて大丈夫でしょうか？」

「今さら気にすることじゃない」

「でも……」

「それよりも、馬車とは結構揺れるものだな。これで三時間以上はなかなか大変だ」

「そうですね」

「だが、いつもと違う景色を見るのは悪くない」

流れる風景を小窓から眺め、アリシアは呟く。

飛び立つ小鳥。風になびく木々。馬車が駆け抜けたあとの土埃《つちぼこり》。

まだ屋敷を出たばかりで深い森を抜けてもいないのに、彼は視界に映るすべてのものに興味を引かれているようだった。

「まさか、屋敷を出るのは初めてじゃ……」

「あぁ、初めてだが、それがどうかしたか？」

「……っ」

当たり前のように頷くアリシアにコリスは言葉を失う。

さすがに一度や二度は外に出たことがあると思っていた。

そんなコリスをよそに、アリシアは感心した様子で窓の外に向けた目を細めている。

「……不思議なものだな。世の中はこんなにも早く時が動いていたのか」

彼には自分とは違う何かが見えているのだろうか。

窓から差し込む光を受けたその横顔は、これまで見たどの瞬間よりも穏やかだった。

けれど、アリシアの目は遠いものを見ているようで、なんだかやけに切ない気持ちにもさせられた――。


――三時間後。

ひたすら馬車を走らせ、夕暮れ間近になった頃、ローズマリー家の正面玄関前にコリスは一人で立っていた。

兄の結婚式が予定されていた教会へは寄っていない。

この時間では、すでに皆、家に戻っていると思ったからだ。

馬車は屋敷の前に停め、アリシアはその中で待っている。門をくぐる前に何気なく振り返ったとき、何か言いたげにこちらを見ていたのが妙に頭に引っかかっていた。

外に連れ出されただけでも大変な冒険なのに、一人で待たなければならないことに不安を感じているのかもしれない。

なるべく早く戻らないと……。

コリスは大きく頷き、意を決して扉を叩いた。

「──はいはい。……えっ!?　まあぁっ、お嬢さまっ!?」

「あ、ドナ。元気にして……」

「大変っ、旦那さま、奥さまーっ！」

しかし、扉を開けて顔を見せた使用人のドナはコリスを見るなり目を丸くして、あっという間に奥に消えてしまった。

──やっぱりすぐには戻れないかも……。

自分の考えは相当甘かったかもしれないと、今さらながらコリスは顔を引きつらせた。

「コリス…ッ!?　あなた、今頃になって……っ」

「一体何があったんだっ!? ポールの結婚式はもうとっくに終わってしまったんだぞ! フレデリカも先ほどまでいたのに……」

玄関前に佇んでいると、程なく両親が姿を見せた。

二人とも強ばった顔をしているが、怒っているというよりも、むしろ心配していたといった様子だ。ここへ戻る途中で何かがあったと思ったのかもしれなかった。

「それがその……、——あ、ポール兄さま、シンシア義姉さま」

言い淀んでいると、廊下の向こうから兄のポールと義姉のシンシアまでが騒ぎを聞きつけてやってきた。

姉のフレデリカとは入れ違いになってしまったようだが、ほぼ全員が揃っている。

皆の顔が見られて嬉しい反面、コリスは焦りを募らせていた。

どんな言い訳も嘘だと見抜かれてしまいそうだ。それでも黙っているわけにもいかず、大きく息を吸って皆に頭を下げた。

「ごめんなさいッ! 私、結婚式の日を間違って覚えていて……ッ、今日、なんとなくお母さまからの手紙を見返していてそのことに気づいたの……っ」

「間違ってって……、コリス、だって、あんなに手紙で確認したのに?」

「本当、私、自分が情けないわ……。急いで休みをもらってきたけど、結局こんな時間になってしまって……。だけど、おめでとうって、やっぱり二人に言いたくて……。ごめんなさい。ポール兄さま、シンシア義姉さま、本当にごめんなさいっ」

コリスはひたすら謝罪を繰り返した。

こんな言い訳で皆の心から疑いが消えるとは思えない。

だとしても、本当のことは口が裂けても言えなかった。

「……とりあえず、中へ入りなさい。元気そうには見えるが少し痩せたみたいだ。アリシアさまのお世話はそんなに大変なのか？」

「えっ？　そんなことは……」

「とにかく入りなさい。少し詳しく話を聞きたい」

「あの…でも私……」

父に促され、コリスは慌てた。

あまり長居するわけにはいかないのにどうしよう。

だが、他の皆も中に入るように促している。やはり家族の目は誤魔化せないのか、他に理由があるのではと思っている様子だった。

動けずにいると、母が手を伸ばして肩に触れようとした。

それでもコリスは扉の前から動けない。どうしようと焦りながら、じりじりと後ずさろうとしていた。

「コリス、何をしているの？　そんなところに立っていないで早く中に…――」

しかしそのとき、皆の様子が突然変わった。

母はコリスに手を伸ばしかけた状態で止まっている。

父も難しい顔をしていたのに、目を見開いて固まっていた。

よくよく見れば、兄も義姉もドナまでも、ここにいる全員がなぜかコリスの後方に目をやり、同じような状態で固まっていたのだ。

「え……？　どうし……」

皆、どうして固まっているの。

訳がわからないまま、コリスも皆の視線を追いかけ振り返る。

そこで、正門を抜けてこちらに近づく人影を目にして、コリスも皆と同じように固まった。

「……うそ」

遠目からでも目を引く独特の存在感。

太陽の光で艶めく金の髪。

白いドレスは夕日に染まり、そよいだ風で長い髪がゆらゆらと揺らめく姿は一枚の絵のように優美だった。

コリスはその姿に思わずぼぅっと見とれていたが、近づく足音にハッと我に返る。

馬車の中で待っているはずのアリシアが、こちらに近づいてきていたのだ。

「アリシアさま、どうして？」

「――ッ!?」

ぽつりと言うと、皆が一斉に息を呑んでコリスに目を向けた。

当然の反応だった。いくら娘が王女の世話係をしているからといって、その王女自らがわざわざ訪れるなど滅多なことではあり得ない。

コリスもまた、その意図がまったく摑めなかった。

「アリシアさま」

「……」

アリシアはコリスの傍までやってくると、何も言わずに立ち止まる。

そのまま数秒ほど黙って見つめ合っていたが、程なく彼はコリスの家族に向き直り、静かに頭を下げた。

「アリシアと申します。突然来てしまったことをお許しください」

「そっ、そのような…っ、どうか頭をお上げください…ッ！　し、しかし王女さまが我が家にいらっしゃるとはどういった……。――ハッ、まさか息子の結婚のお祝いに？　……いや、さすがにそれはないな……」

あり得ない状況に父は激しく動揺しているようだった。

しかし、百面相《ひゃくめんそう》のごとくクルクルと表情を変えて自問自答をするも、最後には難しい顔で黙り込んでしまう。

そんな父をじっと見ていたアリシアは、話の途中でコクンと頷いていたのだが、この場にいた誰もがそれが答えだとは気づかなかった。

やがてアリシアは動き出し、兄とその隣にいた義姉の前で立ち止まる。二人とも目を丸くして固まっていた。

「あなたがポールお兄さまですね。そして、こちらのかわいらしい方が花嫁の……」

「はっ、はいっ、その…、こちらは妻のシンシアです！」

「そうですか。このたびは、ご結婚おめでとうございます」

「……ッ、あっ、ありがとう…ございます……ッ！」

兄のポールは顔を真っ赤にして、ぺこぺこと頭を下げている。

突然目の前に現れた王女が自分たちの結婚を祝ってくれた。

驚きと感激で、二人とも信じられないといった様子で目に涙を溜めている。

――まさか、本当にお祝いの言葉をかけに来てくれたの……？

予想もしない展開に、コリスはアリシアの背中を呆然と見つめていた。

ところが、二人にお祝いの言葉をかけたあと、アリシアはすぐに両親に顔を向ける。

心なしか、少し強ばった表情をしていた。疑問を抱いていると、彼はゆっくり息を吸い込み、何かを吹っ切った様子で思わぬことを言い始めたのだった。

「私が至らないばかりに、今日は皆さまに多大なご迷惑をおかけしてしまいました。勝手なことですが、せめて謝罪の機会をいただければと……」

「えっ？」

アリシアの言葉に父はきょとんと目を瞬く。

他の皆も意味がわからないようで、顔を見合わせたり首を傾げたりしていた。

コリスはその横で、自分の胸をぎゅっと押さえる。

彼は今、謝罪と言った。

それはつまり、ここに来たのは兄たちの結婚を祝うのが目的ではなくて、本当は謝罪するためだったということだろうか。

「……少しだけ、自分の話をしてもよろしいでしょうか？」

「え、えぇ…、それは……」

彼は何を言うつもりだろう。

緊張するコリスに目を向け、アリシアはふっと唇を綻ばせる。

どきっとするような綺麗な微笑に息を呑むと、彼は僅かに目を伏せ、その心の内を話し出したのだった。

「――十八年間、私は自分が生きているのか死んでいるのか、よくわからないまま過ごしてきました。誰も信じず、近づけず……、いつしか心が枯れ果て、感情をどこかに置き忘れてしまったようでした。けれど、コリスはそんな私を見捨てず、さまざまなことを教えてくれました。たわいない会話、人に髪を梳いてもらうのは気持ちがいいということ。人は温かく、そして自分が孤独だったこと……。この三か月は夢のように過ぎ、いつの間にか、私は彼女に甘えるようになりました。そうしたら、ほんの少し離れることさえ怖くなりました。何もない自分に価値はない。そんな自分のところに誰が戻ってきたいと思うのかと不安になり、彼女と離れるのを嫌がりました」

アリシアはそこで言葉を切り、両親や兄たちに顔を向ける。

何かを訴える潤んだ瞳に、皆はただ目を見張っていた。

「それなのに、彼女は私を責めるどころか、理解しようとしてくれました。私のために、たくさんの涙を流してくれました。今も…、自分が悪いように言い訳をしたのではないでしょうか。そんな想像は簡単につきました。だから私は……、彼女が戻るのを待っているだけではいけないのではないかと……」

今にも消え入りそうなアリシアの声。

それでも、その眼差しに迷いはなく、彼は両親をまっすぐに見つめた。

「ごめんなさい。悪いのは私です。コリスが結婚式に間に合わなかったのは、何もかもすべて私のわがままのせいなのです」

「……ッ」

何の躊躇いもない、王女の突然の謝罪。

これだけ人が集まっているのに場はしんと静まり返っている。

皆、呆然とした様子でアリシアを見ているだけだった。

「……アリシアさま、少しよろしいでしょうか？」

ところが、少しして玄関ホールに兄の声が響く。

見れば、兄は難しい顔で眉を寄せ、王女を前に動揺していた先ほどまでの姿は消えていた。

──まさかアリシアさまを責める気では……。

コリスは咄嗟に前に出てアリシアを庇おうとした。

しかし、それに気づいた兄はハッとした様子で慌てて首を横に振った。

「あ、いや、そうじゃないんだ。……あっ、申し訳ありません。今のはコリスに対してで……。その…、そういうことではなく……。責めるとか、そういうことではないんです。今の話を聞いていたら、コリスがアリシアさまのところへ行ったときのことを無性に懐かしく思いだしてしまったものですから……」

「……私のもとへ来たときのこと？」

「はい。その…、私たちは貴族とはいえあまり裕福ではないので、社交界から遠ざかってずいぶん経ちます。恥ずかしながら、王宮に呼ばれるようなこともないので王族の方々の事情にはかなり疎いほうです。……そのせいか、コリスがアリシアさまのもとで働くと聞いたときは、別世界に送り出す気持ちでした。ですが、妹はなんというか…すごく前向きな性格で、周囲の心配をよそに何の迷いもなく決めたように見えました。笑顔を浮かべて、アリシアさまのところでがんばってくると、あっという間に行ってしまったんです」

「はい…」

「けれど、あとになって疑問を感じるようになったんです。初めての手紙にはもらった給金のほとんどを包み、簡単な近況報告と家の修繕に使ってほしいという言葉が綴られてありました。その次は、母に新しい服を、父には腰の痛くならない椅子を、私には事業を興す足しにしてほしいと手紙とお金が送られてきました。それで思ったんです。もしかして、コリスは家のために出て行ったのではないかと……。我慢して無理をして、笑顔を浮かべていたのではないかと、鈍い私たちはあとになってそう思ったんです」

「……」

「とても心配でした。手紙には元気でやっていると毎回書かれてありましたが、この目で様子を見られるわけではありません。……ですから、今日も心配だったんです。遅れたからと怒るつもりはありませんでした。何かあったのではと心配していたんです。元気でやっているとわかれば、それで充分でした。顔を見せてくれて、ほっとしたんです。……そして、今のアリシアさまのお言葉で……、おかしなことをと思われるかもしれませんが、なんだかすごく安心しました。アリシアさまのお屋敷では我々にはわからない難しい事情がおありなのかもしれません。けれど、そのような中でコリスはしっかり役目を果たしていたのだと……。私たちなどに頭を下げるほど、アリシアさまがコリスを大切にしてくださっているということがわかって、胸のつかえが取れた思いがしたんです」

兄はこれまでの想いを打ち明けると、隣に立つ義姉に目を移す。

彼女は涙を浮かべて兄に微笑みかけていた。

両親にも顔を向けると、涙ぐむ母の背に手を添えた父が目を細めて頷く。

皆の意思を確認し、兄はおもむろにアリシアに向き直り、深く頭を下げたのだった。

「偉そうなことを申しました。お会いできて、こんなに光栄なことはありません。お祝いの言葉までいただいて、これほどの名誉もありません。私たちからの願いは一つだけです。これからも妹を、コリスをお願いしますと、それしかありません」

兄はそう言って、さらに頭を下げる。

隣に立つ義姉も、両親までもが頭を下げていた。

「……ッ」

コリスの目から、自然と涙がこぼれ落ちていく。

これは何の奇跡だろう。

てっきりアリシアを責めるのではと思っていたのに……。

皆の想いが痛いほど伝わってきて涙が止まらない。

とても幸せなことが起きた気がして、コリスは涙を隠すように両手で自分の顔を覆った。

来てよかった。会いに来て本当によかった。

頭を下げたはずが、いつの間にか皆に頭を下げられて困った顔をしているアリシアを見て、余計に涙が止まらなくなってしまった――。

＋　＋　＋

その後、コリスとアリシアは馬車に戻り、来た道を戻っていた。

皆には引き留められたが、すでに日が落ちかけている。誰にも言わずに出てきてしまったと説明すると、残念がってはいたものの、それは大変だと言って送り出してくれた。

驚いたのは、アリシアが別れ際に『今度私の屋敷に皆さんで遊びに来てください』と言ったことだ。

飛び上がらんばかりに喜んでいた皆の姿が頭から離れない。

あれからもう一時間は経ったのに、コリスは今でも口元が緩むのを堪えきれずにいた。

「……おまえたちは変わっている」

馬に水をやるため、つい先ほど馬車を停めたので車内はとても静かだ。

向かい合って座った馬車の中、しばしアリシアは無言で窓の外を眺めていたが、突然ぽつりとそう呟いた。

「そうですか？」

首を傾げると、彼はコリスに顔を向けて頷く。

「人を責めるということをしない。とても不思議だ」

「それは…、誰に対してもというわけではないですよ。あ、だからといって、アリシアさまが目上の方だからというわけでもないと思います」

「……それではますますわからない」

アリシアは困惑した様子で眉を寄せる。

その顔がなんだかかわいくて、コリスはくすくすと笑ってしまった。

「ご自分ではわからないのでしょうけど、アリシアさまの眼差しって言葉以上に心に刺さるんですよ。それに、あんなにまっすぐ謝られては責めるどころじゃありません。人って、そんなに複雑じゃないんです。簡単に感情に流されます。うちの家族なんて特にそうです。私を見ていればわかるでしょう？　アリシアさまの潤んだ目を見たら、何か深い事情があったのだろうと胸が痛くなってしまうんです」

「だから責めないと？」

「そうです。それと…、綺麗な人に弱いというのもあるかもしれません」

「なんだそれは」

「だって、今日のアリシアさまは完全によそ行きじゃないですか。レースの手袋をして髪も結って、声だって少し違っていました。私やセドリックさま以外と話すときは、いつもより高めにしているでしょう？　普段より掠れた感じが妙に色っぽいんです」

「……それは、声変わりのせいで」

「いいえ、それだけじゃありません。アリシアさまは女性のように振る舞えばそう見えるし、素の表情に戻ると男の人にもなるんです。今までそれがどういうことかよくわかっていませんでしたが、今日初めてこれはちょっと危険だなって思いました。お父さまとポール兄さまはときどきぼーっとした顔でアリシアさまを見ていたし、お母さまやシンシア義姉さまは目をキラキラさせて憧れている様子だったし、誰も彼も手玉に取ってとっても危険でした」

コリスはそう言って、少し口を尖らせる。

だが、目を丸くしたアリシアが、ややあって喉の奥で笑いを噛み殺しているのを見て、自分が今、感情に任せて何を口走ったのかに気づき、慌てて口を押さえた。

「すみません…っ。今のは、できれば聞かなかったことに……」

「はは…っ、聞いてしまったものをなかったことにしろというのか？　まったくひどい言いぐさだ。私は彼らに色目を使ったつもりはないぞ」

「しっ、知ってます…っ。ごめんなさい。ちょっと嫉妬…しただけです。皆がアリシアさまに見とれてたから……あまり見ないでほしいって思ったりして」

「嫉妬？　おまえは嫉妬をしたのか？」

「はい…」

「おかしなことを」

「そう、でしょうか」

「私をそんな目で見るのはおまえくらいだよ」

「う…、すみません」

顔を赤面させて俯くと、アリシアは肩を震わせて笑う。

手玉に取っていただなんてひどいことを言ったのに、彼はなぜかとても楽しそうだ。

そのままアリシアにじっと見つめられ、コリスは恥ずかしくて顔を上げられない。

それはほんの数秒程度だったような、何分も見つめられていたような不思議な時間だった。

しばらくすると、アリシアがもぞもぞと動いているのが視界の隅に映る。

見れば右手にしていたブレスレットを外しているようだった。その様子を眺めていると、彼はコリスの手を掴み、開いた手のひらにそれをそっと載せた。

「……？　あ、の……」

これはアリシアがよく身につけているものだ。

意図をくみ取れずにいると、彼は小さく微笑み、コリスにとても優しい眼差しを向けた。

「……なんだか心がくすぐられているような、おかしな気持ちだ。おまえに私のものを何か贈りたくなった」

「えっ、でもこれは大事なものでは……」

以前、このブレスレットが廊下に落ちていたのを見つけたときには、盗んだと言われて激しく怒られた。

後にも先にもあのような剣幕《けんまく》でアリシアが怒ったことはない。

だからこのブレスレットは彼にとって大事なものなのだろうと、なんとなく認識していたのだ。

「大事なものかどうかは、正直に言ってよくわからない。これは……、母からもらったものなのだ」

「え…っ!?」

「いや、違うな。自分で言っておきながら、ここまで違和感があるとは……。そうではない。あれは私にとって母という存在ではなかった。彼女は最期まで母とは名乗らず、世話係として私の傍にいただけだった。どんな顔をしていたのかさえ覚えていない。その程度の存在だ」

「そんな…っ、名乗らなかったって、どういうことですか!?」

「さぁ、そういう決まりだったのではないか？　世間的に私は王妃の娘ということになっている。母が二人いては問題だったのだろう」

「……っ」

なんてことだろう。コリスは言葉を失った。

アリシアの世話係をしていた人が実の母だったというのか。

そして、その人は我が子が傍にいながら、母と名乗ることもできなかったと……？

アリシアは遠くを見るような眼差しで窓の外に目を向けている。

表情一つ変えずに打ち明けられたことに深い闇を感じた。

「……アリシアさまは、その人がお母さまだといつ知ったのですか？」

名乗らなかったなら知る機会などありはしない。

それなのにアリシアは知っている。誰かが教えたからに他ならない。

至極当然の疑問に、彼は乾いた笑いを浮かべた。

「五歳のとき、目の前で彼女が刺されて死んだあとだ」

「……ッ！」

「あのときは私も刺され、死の淵を彷徨った。脇腹の傷痕はそのときのものだ。結局私だけ生き延びたが、疑問は残った。真っ先に狙われたのが彼女で、私はついでに刺されたように感じたのだ。……なぜ世話係が狙われる？　なぜ私はついでに殺されかけた？　小さな疑問だったが、それをセドリックにぶつけると、あの男、それまで見せたことがないほどの激しい動揺を顔に浮かべた。問い詰め、白状させた内容には思わず笑ってしまった。あれが実の母だったこともそうだが、過去の裏切りの報復で王妃に暗殺され、私までもが命を狙われているというのだからな」

「……っ、なっ、なぜセドリックさまがそんなことを知っているのですか？」

「そこまではわからない。だがあの男は知っていながら黙っていた。他にも何か知っているようだが、いくら聞いても口を閉ざして答えない。不信感を抱くには充分だろう」

アリシアは吐き捨てるように言う。

それを聞き、コリスは納得に似た思いを感じていた。

——だからアリシアさまは誰も信用できなかったんだわ……。

きっとそれまでは少なからずセドリックを信用していたのだ。

だから裏切りに思えた。ときどき、アリシアがセドリックに対して冷たいと感じたのは、そういうわけがあったのだ。

少しは彼を理解した気でいたが甘かった。

自分はアリシアのことをまだこんなにも知らなかったのだ。

「いらないことを言ったな。こういう話をする気はなかったのだが……」

「そんなことありません…っ。私はもっとアリシアさまのことが知りたいです」

「まぁ、それは今度にしよう。今は……違う話をしたい。そのブレスレット、こんな話をしたあとでは、もらっても嫌な気持ちになるだけか？」

「えっ、まさかそんな。嫌だなんてとんでもないです。ただ不思議で……。どうしてこれを私に……」

コリスは渡されたブレスレットに視線を落とす。

キラキラと輝く虹色の石を連ねた、ため息が出るほど美しい品だ。

「それは、一度だけ彼女を泣かせたときにもらったものだ。女の恰好をしたくなくて癇癪を起こし、心ないことを言った。おそらく、私に言うことを聞かせるためにくれたのだろう。マーガレットが言うには幸せを約束するものらしい。思えば彼女はいつもそれを身につけていた」

アリシアは言いながら、ブレスレットに目を向ける。

——マーガレット……。アリシアさまのお母さまはお花の名なのね。

コリスは頷いて聞いていたが、ふと今の話に疑問を感じて顔を上げた。

「え？　幸せを約束？」

「そう言っていた。だからおまえにこれをあげたいと思った。おまえが幸せになれたらいいと思ったのだ」

「でっ、でもこれは……」

「なんだ。受け取ってはくれないのか？」

「……そ、いえ」

哀しげに見つめられてコリスは慌てて首を横に振る。

けれど、笑顔で受け取ることもできず、曖昧な返事になってしまう。

母と認識することさえ躊躇っているくせに、アリシアはその人からもらったこのブレスレットを持ち続け、しまっておくどころかたびたび身につけていた。

そして母であるマーガレットは、いつもこのブレスレットを身につけていたという。

彼女はアリシアの幸せを願っていたから、これを渡したのではないだろうか。

母と名乗れなくとも、世話係としてでもいいから傍にいたかった。

アリシアを愛する気持ちを表す、これがせめてもの方法だったのではないかと、コリスにはそう思えてならないのだ。

「どうした？」

「……」

問いかけには答えず、コリスはブレスレットを両手でそっと包んだ。

アリシアの気持ちは嬉しいが、これを受け取るわけにはいかない。

目を閉じ、自分の心臓あたりに押しつける。

そうして、アリシアの幸福だけをただひたすら願った。

他に何を願うことがあるだろう。

彼ほど幸せにならなければいけない人が、どこにいるというのだろう。

「アリシアさまに、これを差し上げます」

しばらくしてコリスは目を開け、彼にブレスレットを差し出した。

「……？　どういうことだ？」

「私、充分幸せです。アリシアさまがたくさんくれたんです。だから、今度は私のぶんをここに詰め込んでおきました。全部アリシアさまにあげます」

「私…に……？」

「受け取ってください。好きな人に贈り物ができるなんて夢みたいです」

「……っ」

驚くアリシアににっこりと笑いかけ、コリスは彼の手を取る。

そのままブレスレットを彼の手首につけると、小さく頷き、そっと手の甲に口づけを落とした。

「とてもお似合いです。アリシアさまのためにあるみたいだわ」

「……ばかなことを」

「ふふっ、そう言いながら嬉しそうです」

「まったく、とんでもないな。なんて殺し文句だ。私には一生思いつきそうにない」

アリシアは苦笑を漏らし、大きく息をついて背もたれに寄りかかる。

力の抜けた穏やかな顔だった。

きっと他の誰も見たことがない顔だ。

この人がとても好きだ。

心から思いながら、コリスはアリシアに顔を近づける。

それに気づいた彼は目を閉じ、黙って口づけを受け入れていた。

「……アリシアさま、眠いですか？」

「少し、な」

重ねた唇を離し、間近で見たアリシアは少し眠たげでトロンとした目をしていた。

疲れるのも無理はない。

一週間もの間、彼はコリスを引き留めるために体力の限界まで抱き続けていた。

しかも、今日は生まれて初めて屋敷から出て、何時間も馬車に揺られてコリスの家族と会ってきたのだ。

「熟睡はできないでしょうけど、眠ってください。屋敷に着いたら起こしますから」

「……ん、そう…か。……そうする」

アリシアはぼんやりした眼差しでコリスの言葉に小さく頷く。

ゆっくりと瞼が閉じられ、ふぅ…と息をつき、それからほんの数秒ほどで規則正しい呼吸音へと変わった。

かなり疲れていたようだ。

見る間に深い眠りに落ちてしまったアリシアの寝顔を、コリスはしばし見つめていた。

こんなに無防備な姿を彼は他の誰にも見せない。それだけコリスには心を許してくれているということであり、嬉しくて自然と顔が綻んでしまう。

――そういえば、なかなか馬車が動き出さないけど、どうしたのかしら?

コリスはふと思いだし、小窓から外を覗いた。

近くの小川へ御者が馬を休ませに行ってから三十分は経っている。

そろそろ日が暮れる時刻だ。あまりのんびりしすぎると、視界が悪くなってしまうのではないだろうか。

迎えに行ったほうがいいかもしれない。

迷った末にコリスは馬車の扉を開ける。アリシアを起こさないように静かに外に出て、扉を閉める際に彼の寝顔を見つめて微笑んだ。

「すぐ戻りますね」

囁きを残してコリスは馬車を離れた。

吹き抜ける風で乱れた髪を手で押さえ、周囲を見回して御者と馬を捜す。

蛇行する長い砂利道。馬車が停まる右手は林が続き、左手はなだらかな土手になっていた。その先に流れる穏やかな小川を見つけ、コリスは御者に声をかけてすぐに戻るつもりで土手を下っていった。

「……え？」

ところが、その直後だった。

ガサガサ…と、草を掻き分ける複数の足音がどこからか聞こえたのだ。

コリスは足を止めて辺りに目を凝らす。すると、小川の近くに並ぶ木から二つの人影が動くのが見えた。

どくん、と心臓が跳ね上がり、息をひそめる。

日が暮れかけていて、遠目からではっきりとは見えないが、その二つの人影はどちらも大柄で、御者のものとは明らかに違っていた。

「――アリシア王女か？」

「……ッ!?」

突如、背後からかけられた男の低い声。

コリスはびくんと身を震わせる。見れば、いつの間にか周りを複数の人影で囲まれ、彼らはじりじりとこちらに近づいてきていた。

知らない男の声だった。

けれど、その第一声がすべてだった。

目的はアリシアだ。

こんなときにわざわざ穏やかな話をしに来たとは思えない。

「ええ、そうです。私に何か用がおありですか？」

コリスは拳をぐっと握り、背筋をぴんと伸ばして男たちを見据える。

おどおどしてはいけない。できるだけ毅然とした態度でアリシアを装った。

途端に、足音が近づく。

心臓の音がさらに速まり、目の動きだけで辺りを見回す。

どうにかして逃げられやしないだろうか。アリシアを連れて逃げる手立てはないものかと、ぐるぐる思考を巡らせた。

「う…っ!?」

直後、首筋に突然の衝撃が走った。

身体がぐらつき、視界が揺れる。

後ろから腕が伸びて、太い腕に抱えられた。

手刀でやられたのだろうか。こんな近くにもいただなんて気づかなかった。

――カタン。

不意に、土手の向こうから音がする。

コリスはびくっと肩を揺らし、全身から血の気が引いていくのを感じた。

だめ。今、出てきてはだめ。

そう思いながらも意識が朦朧として、自分の意思ではどうにもできなかった。

「早くしろ。人に見られるわけにはいかないんだ」

「だが、今向こうのほうで音が……」

「いいから行くぞ。──おい、誰か来た！　急げ！」

「…ッ、わかった！」

駆け抜ける足音は、やがて馬が駆ける音に変わった。

男の太い腕に抱えられ、コリスはぐったりとして身動き一つできない。

しかし、僅かに残った意識の中、連れ去られるのが自分でよかったと安堵していた。

意識はそこでぷっつりと途切れて深い闇に沈んでいく。

だからコリスには、その後のアリシアが取る行動を想像することなど、できるわけがなかったのだ──。

＋　＋　＋

ひっそりとした暗い砂利道。

馬車の右手には林、左手には土手。

コリスが連れ去られて間もなく、アリシアは馬車の外で一人立ち尽くしていた。

──どういうことだ……？　皆、どこへ行った？

少し眠っている間に、傍にいたはずのコリスが消えていた。

そういえば、御者が戻っていない。彼女のことだから捜しに行ったのだろう。

そう思ってコリスを追いかけアリシアも外に出ようとしたとき、微かに男の声が聞こえ、いくつかの足音が遠ざかるのを耳にした。何事かと驚いて外に出て、なだらかな土手の向こうに目を凝らしたが人の気配はなかった。

「コリス、どこだ？」

アリシアは声を上げ、辺りを見回す。

御者が馬に水を与えに行ったのは知っている。小川のせせらぎを耳にして土手に近づき、少し離れた場所に人影らしきものがあるのを目にした。

「……ッ!?」

「――アリシアさまッ!!」

そのとき、馬の蹄が近づく音と共に名を呼ばれた。

しかし、アリシアは目もくれずに人影に向かって走りだす。

その人影は倒れているように見えた。

ぞくっと全身を粟立たせ、自分の目で確かめようと無我夢中で土手を下った。

「アリシアさま…ッ！」

「……っ、……違…った……」

蹄の音は人の足音へと変わり、アリシアを追いかけてきた。

駆け寄るその声は、聞き慣れたセドリックのものだ。

アリシアは息を弾ませて振り返る。

おおよそ、いなくなった自分たちを捜していたのだろうが、やけにタイミングがいいと思うのは気のせいなのか。

「……なッ!?　この男は御者では…っ」

「そのようだ」

人影は御者だった。

胸に刺さった矢が致命傷だったようで、すでに息絶えたあとだった。

この小川の傍で馬に水をやっていたのだろうか。

にもかかわらず、馬の姿は見当たらない。

どこかへ逃げてしまったか、それとも何者かに連れ去られたか……。

「何があったのです!?」

「……」

アリシアは無言で馬車のほうへ駆け戻る。

何があっただと？　聞きたいのは私のほうだ。

どうしてコリスがいない。彼女はどこへ行った。

ほんの少し目を離しただけなのに、どうしてこうなる。

「アリシアさま、落ち着いてください！　どこへ行くつもりですか!?」

「決まり切ったことを聞くな」

「お待ちください！　どうか冷静になってください！」

「黙れセドリック！」

「……ッ」

必死で引き留めるセドリックを睨みつけ、アリシアは強い声で叫んだ。

ビクッと肩を揺らして驚くセドリックの胸ぐらを摑み、アリシアは感情のままに声を荒らげた。

「落ち着けばコリスは戻ってくるのか！　冷静になればすべてが解決するのか…ッ!?」

「そっ…それは……」

「おまえ、なぜ今来た？　どうしてこの道を通った？　こうなることを知っていたのか？　どこかで見ていたのではないだろうな!?」

「……ッ、そのようなことは決して…ッ！　本当です！　アリシアさまたちが屋敷からいなくなったのを知り、ずっと捜していたのです！　途中、もしやローズマリー家に向かったのではと思い、近道であるこの道を選びました。コリス宛ての手紙はすべて確認することにしていたので、今日が彼女の兄の結婚式だったことを思いだしたのです……っ」

「コリス宛ての手紙を確認？　何のためだ！」

「決まっているでしょう！　彼女はアリシアさまの秘密を知ってしまった。どんな些細な情報でも外に漏れることは看過できないのです。もちろん、コリスの了解は得ました。咎められる謂《い》われはありません！」

セドリックはそう言ってまっすぐにアリシアを見つめる。

嘘偽りはないと言いたいらしい。

彼の言い分も理解できなくはなかったので、アリシアは低く笑って掴んだ胸ぐらを放す。

その場を離れ、素早く土手を駆け上がり、馬車に手をかけて追いかけてくるセドリックを振り返った。

「今のが余計な疑いだったことは理解した。だが、助言に耳を貸す気はない。早くおまえの馬を馬車に繋ぎ、御者台に乗れ。水辺にいるはずの馬はどこかへ行ってしまったらしい」

「は…」

「知っているだろう？　私は馬を扱えない。男の真似事を一切できないようにされ、あの屋敷に閉じ込められていたことはおまえが一番よく知っているではないか。……そういえば、私が襲われるとき、おまえはいつも助けに入ってきたが、身のこなしが普通ではないのが不思議だった。家令として仕えてはいるが、おまえは一体何者なのだろうな？　セドリック、おまえは誰の手下だ？　私をずっと監視していたのか？　他にどんな秘密を持っている？」

「……っ!?」

「おや？　かまをかけてみただけなのに、ずいぶん動揺している。どうやら心当たりがあるようだ」

「アリシア、さま…っ」

「いいから御者台に乗れ。……行き先は王宮だ」

「──っ！」

蒼白な顔のセドリックを鼻で笑い、アリシアは反論の隙を与えず馬車に乗り込む。

これ以上は話すだけ無駄だ。

他の行き先などあり得ない。

この薄暗さの中で、矢で胸を射貫くなど並の者の芸当とは思えない。

おそらく騒がれるのを警戒し、一瞬で仕留めたのだ。ならば、あえてこの馬車が狙われたと考えるほかなかった。

──狙いは私だ。コリスは私と間違われて連れて行かれたのだ……。

アリシアは唇を震わせ、ギリッと奥歯を噛みしめる。

全身が凍るようだ。

これほどの恐怖があるだろうか。

彼女が自分の傍から離れていくほうがまだ堪えられる。

あの愛しい命を失う恐怖に比べれば、遙かにましだった。

乗ってきた馬を馬車に繋ぎ、躊躇いがちに御者台に乗るセドリックを視界の隅に留め、アリシアは無言で前を見据える。

何の力もない自分を、今ほど呪わしいと思ったことはない。

これまで諦めるばかりで、自分から動いたことは一度もなかった。

何か少しでも行動していれば、こんなことにはならなかったのだろうか。

そんなたやすいものとも思えないが、多少の情報収集さえもしようとしなかったから、こんな危険も察知できなかったのだ。

アリシアは息を震わせ、ぐっと拳を握る。

やがて動き出す馬車の中、腹の底から沸き起こる激しい怒りで身が焼け付いてしまいそうだった――。

第七章

眠りを誘うふかふかのベッド。さらさらのシーツの感触。

コリスはこのまま、さらに深い眠りに落ちてしまいたい誘惑に駆られていた。

けれど、寝てはだめだと叫ぶ自分に呼び止められる。

固く目を瞑ったまま、コリスは瞼の向こうで交わされる話し声に耳を傾けていた。

「なぁ、この人は本当にアリシア王女なんだろうか？」

「そう聞いているが。何か気になることでもあるのか？」

「いや…、絶世の美女を想像していたせいか、思ったよりかわいい感じの人だったんだなぁと」

「人の噂なんてそんなものさ。まぁでも、これはこれでなかなか……」

「おい、王女をそういう目で見るのは」

「わかってるよ。ただ、先ほど妙な話を聞いたせいでちょっと」

「なんだよ」

「王女を連れてきた兵の中にきな臭い連中がいたらしくて、それが本当ならもったいないなぁと思ったんだ」

「きな臭い…って、……おい、まさか冗談だろ?」

――コン、コン。

と、そのとき、ノックの音が響いた。

そこで二人の会話は途切れ、扉のほうへ向かったようだ。

コリスは遠ざかる足音を耳にしながら、今の会話で自分の鼓動が少し速くなったのを感じた。

「あっ、曹長。お疲れさまです」

「おまえたち、こんなところで何をしている」

「え? 見張っているように命令されたので……」

「馬鹿者! 外で見張るという意味に決まっているだろうが!」

「あっ!? しっ、失礼しました!」

「とにかく外へ出ろ。まったく仕方のない」

「はっ、以後気をつけます」

やってきたのは上官の兵士のようだ。

人が寝ているのに何て騒がしい人たちだと呆れたが、彼らはそのまま部屋を出たようで、パタンと扉が閉まる音がしたあとは静かになった。

それから数秒。

コリスはぱちっと目を開けて、おもむろに扉のほうに顔を向ける。

――とりあえず、誰も入ってくる気配はないみたい。

ふぅと息をつき、さっと身を起こしてベッドを下り、真っ先に窓際に駆け寄った。

外は暗くて建物や敷地の全容ははっきりとしない。

しかし、ところどころに灯りがつき、目を凝らすとかなり遠くのほうまで建物が続いていた。あちらこちらに巡回する兵士の姿や、貴族らしき人たちが庭先で談笑している姿もあり、夜なのに人が多かった。

「……こんな形で王宮に来ることになるなんて」

コリスはため息交じりに呟く。

誰に聞くまでもない。自分を攫った男たちはアリシアを捜していたのだ。

初めて訪れた場所といえども、先ほどの兵士たちの会話も考慮すれば、ここが王宮であることくらいは推測できる。

「どうしよう。このままだと私、きっと殺されてしまう……」

これまでアリシアは幾度となく王妃の手の者に命を狙われてきた。

それでも、このような強硬手段をとってきたことはなかったのではないか。

ならばきっと、王妃はここでアリシアの息の根を止めるつもりでいるのだ。

おそらく、屋敷の中にいた王妃の手の者がアリシアが外出したことを知らせたのだろう。ここへ連れてこられたのは、本物のアリシアであることを王妃が確認するためかもしれない。それとも、王妃には何か別の狙いがあってこのような手段に出たのだろうか。

だが、ここにいるのはコリスだ。

アリシアが生きているとわかれば彼はまた命を狙われるだろう。

たとえここで自分が身代わりになっても、単なる犬死にしかならないなら何の意味もない。

「……ッ」

コリスは唇を噛みしめ、窓に額を押しつける。

自分の命が危ういという現実は恐ろしい。

けれど、考えるのはアリシアのことばかりだった。

彼が心配でならない。今頃、途方に暮れているだろう。

死ぬまで傍にいると言ったばかりなのに、いきなり独りぼっちにさせてしまった。

たった一人残されて、いなくなったコリスを捜しているかもしれない。そんな姿を想像したら胸が痛くて堪らなくなった。

「だめよ…っ。こんなところで死ねない……っ！」

コリスは顔を上げ、部屋の中をぐるっと見回す。

命は一つしかないのだ。諦めることは簡単だが、それでは訳のわからない連中を喜ばせるだけじゃないか。

数秒ほど考えを巡らせ、コリスは隅に置いてあった椅子を窓際へ運んだ。

いつ誰が入ってくるかわからない状況だが、行動を起こすなら今が最後の機会だろう。

大きな音を立てては人が入ってくるかもしれないと警戒しながらも、コリスはベッドからぱぱっとシーツをはぎ取り、それをカーテンに結びつけた。

「何も行動しないよりは、ずっとましだわ」

自分に言い聞かせながら、固く結んだカーテンとシーツに大きく頷く。

静かに窓を開け、そっと下を覗く。

どうやら、この一階下はバルコニーのようだ。

ここからあそこまで行けるだろうか。カーテンとシーツを結んだだけでは長さが足りない気もするので、多少の怪我は覚悟したほうがいいかもしれない。

コリスはごくっと唾を飲み込み、用意した椅子に乗ってカーテンを掴んだ。

日々の部屋掃除でずいぶん力はついた。体力だって自信がある。

何よりも、今すぐ下りれば部屋の外にいる兵士に気づかれずに済むのだ。人間、死ぬ気になればなんだってできると自分を励まし、コリスは窓枠に足をかけて窓の外に出た。

「ん……んっ、……んんっ」

そういえば、このカーテンの強度はどれくらいあるのだろう。

窓の外に出てカーテンにしがみつき、コリスは今さらなことを考える。

しかし、もう引き返すことはできない。自分の体重を支えるくらいの強度はあると信じるほかなかった。

「――君、そこで何をしているの？」

「えっ」

と、そのときだった。

誰かに話しかけられた気がして、コリスはぴたっと動きを止めた。

――どうしよう。見つかってしまった？

一人冷や汗を掻いたが、黙っていると、それ以上声はしない。

思い過ごしだろうか。そうであってほしい。

誰かに見つかっても、すでにカーテンとシーツの結び目より下にいるので、このままバルコニーに下りるしかないのだ。

「あぁ、なるほど。ここに来たいのですね。……うーん、そんなところから落ちれば怪我をしてしまいそうだな……。あ、そうか、私が受け止めれば……。よし、この辺りでいいかな。お嬢さん、もう手を放していいですよ」

「……？　……ッ？」

どうやら話しかけられているのは自分で間違いなさそうだ。

けれど、なんだか様子がおかしい。

声の主は今まさにコリスが下り立とうとしているバルコニーにいるらしい。

だが、どうにも怪しまれているという感じではない。むしろ助けようとしてくれているように聞こえた。

――しかも、今の声……。

シーツにしがみついた状態でバルコニーを見下ろすと、両腕を広げた人の姿が見える。本気で受け止めようとしているのだろうか。

――きっとそうだわ。

コリスの目にじわりと涙が浮かんだ。

「さぁ、勇気をだして」

「あっ、あの…ッ！」

「どうしました？　怖くて手を放せませんか？」

「いえ…ッ、その……、つかぬことを伺いますが、もしやそこにおられるのはクロードさまでしょうか」

「え？　えぇ、そうですが……」

「あのっ、お久しぶりです。私、アリシアさまのお世話係のコリスです！」

「えっ!?　どうしてあなたがこんなところに？　……あ、とにかくそこではなんですから、そのまま手を放して下りてきてください。いつでもいいですよ」

「は、はいっ、わかりました」

思ったとおり、下にいるのはクロードだった。

コリスは涙を浮かべて大きく頷く。

一度しか会ったことはないが、穏やかで優しい声が印象的だった。

まるで天の助けだ。

今の自分にとって、これほど頼りになる人は他にいない。

「きゃ…ッ」

コリスは意を決してシーツから手を放す。

しかし、身体が宙に浮いたのは一瞬のこと。

僅かに落下したところでコリスの身体はクロードに抱き留められていた。彼は衝撃で少しよろめいていたが、コリスを手放すことはせず、しっかりとその腕で受け止めてくれたのだった。

「……ッ、……は、……あぁ、無事でよかった」

「ありがとうございます…っ」

礼を言うとクロードは柔らかく微笑み、コリスを放した。

腕を擦っていたので痛めてしまったのかと心配したが、何度か拳を握ったり開いたりしてから「大丈夫」とまた笑ってくれた。

彼はやはりとてもいい人だ。

コリスはほっと息をつきながら、何度も彼に礼を言った。

「それにしても、どうしてあなたがここに？」

「……そ、それは、その……」

だが、程なくなされた質問にコリスは言葉を詰まらせてしまう。

自分はここにいるはずのない人間だ。クロードは善意で助けてくれたが、窓から下りてくるだなんてどう見ても不審人物だ。

けれど、なんと説明すればいいのかわからない。

今日は兄の結婚式で、間に合わなかったがアリシアも一緒に行ってくれた。

その帰りに馬車が襲われ、アリシアの身代わりとなって王宮に連れて来られたと言えばいいのだろうか。

当然クロードは王宮に連れて来られたことに疑問を持つだろう。

襲った相手は誰だと聞かれるに違いない。

そうなれば、これまでアリシアが幾度となく王妃に命を狙われてきたことまで言わなければならなくなる。

その理由まで聞かれたらなんと答えればいい。

アリシアが王妃の子ではないからだと言うのか？

しかし、それはコリスが口にするにはあまりに大きすぎる秘密だった。

――コン、コン。

「……ッ！」

そのとき、少し離れた場所から扉をノックする音がした。

振り返ると、また同じように音が響く。

どうやらバルコニーに続く部屋の扉をノックしているようだった。

コリスは息を呑み、じりじりと後ずさる。

こんなところで捕まるわけにはいかない。相手が誰かもわからないのに、コリスは顔を強ばらせて警戒していた。

「あなたは、ここに隠れていてください」

「え？」

ところが、そんなコリスにクロードがそっと囁く。

ぽかんとして彼を見上げた。すると、クロードは小さく頷き、コリスをバルコニーに残して部屋に戻っていった。

——まさか、クロードさまはまた助けてくれようとしているの？

何も説明できずにいたのに…と、コリスはこっそり部屋の向こうを覗く。

扉の向こうには衛兵らしき者が立っていた。

「何の用だ」

「クロードさま、こちらにいらっしゃったのですか！」

「そうだが、どうかしたか？」

「その…、不審者が王宮に紛れ込んだとの情報がありまして……、そちらのバルコニーの辺りに潜んでいる可能性があるのです」

「不審者だと?」

「はい、ですから確認を……」

「それはおかしい。私はずっとバルコニーにいたが、特に不審な者は見かけなかったぞ」

「え…?　いやしかし……」

「大体、なんだその不確かな話は。その不審者とやらは本当に王宮に忍び込んだのか?衛兵たちは何をしていた?」

「そ、それは……」

クロードはしらを切ってくれているようだ。

コリスは息をつくが、相手の兵士の声には覚えがあった。上の部屋で眠っていたとき、途中でやってきた上官の兵士のものだ。

いなくなったと気づいて捜しているのだろう。

緊張しながら二人のやりとりを覗いていると、不意に扉の向こう側が騒がしくなった。

何人もの人々が扉の向こう側を横切る姿が見え、あの人たちも自分を捜しているのかとさらに緊張が走った。

「おい、おまえたち、こんな時間に何を騒いでいる!」

それを、クロードと話していた兵士が注意する。

すると、通り過ぎようとした一人の兵士が思いも寄らぬ答えを返したのだった。

「それが…、アリシアと名乗る女性が訪ねてきたようで……。王女ではないかと……」

「なんだと？　まさかそんな……。何かの間違いではないのか？」

「ですが、セドリックさまを連れているという話です」

「なっ、それは本当かっ!?」

「はい。では失礼します」

「あ…っ」

そのまま兵士は去ったようで、廊下を駆ける足音が部屋に響く。

今の話にクロードの身体が僅かに揺らぎ、動揺しているのがわかったが、彼は目の前の兵士に努めて冷静に声をかけた。

「あなたも確認しに行ったほうがいいのでは？　私もあとで行くことにしよう。姉上の顔なら私がよく知っている」

「は…はい。……では…、失礼します！」

兵士は強ばった顔で目を泳がせる。

しかし、自分の目で確認しないわけにはいかないのだろう。クロードに敬礼をすると、彼もまた他の者たちのように走り去った。

扉が閉められ、雑音が遠くなる。

コリスはバルコニーから部屋に足を踏み入れた。

今のは本当だろうか。

本当にアリシアがここに来ているのだろうか。

頭が真っ白になりそうだった。

「確認してきます」

「クロードさま、私も行かせてくださいッ！」

再びクロードが扉に手をかけようとしたところで、コリスは咄嗟に声を上げた。

アリシアが来ているなら、こんな場所に隠れてはいられない。

驚き目を見開くクロードに、コリスは頭を下げた。

「目立つようなことはしません！　アリシアさまは私を迎えに来てくれただけなんです。会えたら一緒に帰ります。だから、どうかお願いします……ッ！」

「姉上があなたを迎えに……？」

きっと、何らかの疑問を抱かせたに違いない。

なぜアリシアがわざわざコリスを迎えに来るのか。そう断言できるのか。

主人と使用人という関係にしては何かがおかしい。そもそもここで何が起きているのかと問われて当然だった。

「……わかり…ました。……では、コリス。私の傍を絶対に離れないでください。そうでないと守れません」

「はい…、はいっ、ありがとうございます！」

彼は迷う様子を見せたが、結局何も聞いてこなかった。

聞きたいことは山ほどあったろう。

本当はコリスだって喉から出かかる言葉がたくさんあった。

けれど、何をどこまで言っていいのかわからない。状況も刻々と変化しすぎていた。

ざわめく廊下を、コリスはクロードと共に進む。

どうか何も起こりませんように……。

ひどい胸騒ぎを感じたが、今はただ祈るしかなかった――。

＋　＋　＋

遠巻きに自分を見る人々。

王宮内の広々とした廊下を堂々と歩く自分。

この場所に来ることは一生ないと思っていた。

アリシアは今の状況がおかしくなり、喉の奥で笑いを噛み殺しながら斜め前を歩くセドリックに声を掛けた。

「ずいぶん簡単に王宮に入ってしまった。まさか、おまえがこんなに便利な存在だったとはな」

「……」

何も答えず、黙々と歩くセドリックをアリシアは笑う。

彼を連れてきたのは正解だったようだ。

王宮の連中は皆、セドリックの顔を見た途端に敬礼し、正門を抜けるのも、こうして王宮内を歩くのも自分の庭を歩くようだった。

それでも、正門を抜けた直後のセドリックには躊躇いが見えた。

中を案内しろと命じたが、彼は顔を強ばらせて動こうとしない。

面倒になったアリシアは近場にいた兵士に近づき、色仕掛けでその者に案内させようとした。すると、セドリックは慌てた様子で引き離し、自分が案内すると言ってようやく折れたのだ。

この男は何者なのだろう。

多少気にはなったが追及する気はなかった。

目的の場所に連れて行ってくれさえすれば、アリシアにはもうどうでもいいことだった。

それからいくつか階段を上り、長い廊下を進んだ先の部屋の前でセドリックは立ち止まる。扉の左右に二人の衛兵が立っていて、彼らはセドリックを見るなり笑みを浮かべた。

「これはセドリックさま。お久しぶりです。……そちらの方は」

「突然すまない。王妃さまにお会いしたいのだが、もうお休みになっているだろうか」

「え、いえ…、まだ起きておられるかと。伺ってまいりますので少しお待ちください」

衛兵はアリシアを気にしていたが、セドリックが伝えたのは自分の要望だけだ。

戸惑いながらも衛兵は頷き、扉をノックしようとしていた。

——ここが王妃エリーザの部屋か。

アリシアは密やかに笑い、衛兵が扉を叩く前にその手を掴み取った。

「えっ？　あ…っ!?」

いきなり手を掴まれ、相手がアリシアだとわかると衛兵は激しく狼狽えていた。

面白い反応だ。アリシアは微笑を浮かべ、握った手を両手で包み直す。

「あ、あのっ、あああの…っ!?」

一瞬で顔を紅潮させ、衛兵は動揺をあらわにし、アリシアは息がかかるほど彼に顔を近づけた。

「娘が会いにきただけなのに、許可が必要だなんて哀しいわ」

「え…っ？」

「アリシアさま、何をしておられるのですか……っ！」

「ア、アリシア……さま…？」

突然の挙動にセドリックは慌てて窘める。

衛兵は真っ赤になって硬直していたが、『アリシア』という名に目を見開く。

しかし、アリシアがにっこりと微笑むと、彼はまた惚けた顔になった。

アリシアはその隙に手を伸ばして扉を開ける。流れるような動きで王妃の部屋に入り、皆に笑顔を向けながら扉を閉め、誰にも阻止されることなく内鍵を掛けたのだった。

「アリシアさま…ッ！」

なんてたわいのない。

扉の向こうからセドリックが呼んでいたが、アリシアは無視して身を翻す。

目の動きだけで部屋の中を確認し、正面の扉に向かった。

ここは自分が住む屋敷と造りも雰囲気もよく似ている。

複雑な模様が彫られた柱に天井。窓の形や廊下の幅に至るまで類似点が多く、初めて来た気がしない。

やがて自分を呼ぶ声は聞こえなくなり、辺りは静寂に包まれる。

アリシアは奥に進んで寝室の目星をつけ、疑うことなく正面の扉を開けた。勝手に部屋に入ったことも、寝室に足を踏み入れることにも躊躇はない。

燭台が灯るだけの薄暗い部屋。

もう寝るところだったのだろう。

女がベッドに向かおうとしている姿が目に入り、アリシアはまっすぐ近づいた。

「――ロッティ？　早かったのね、もう水を持ってきたの？」

どうやら侍女だと思ったらしい。

扉が開けられた気配に気づき、その女は何気なく振り返った。

しかし、すぐ傍に人が立っていたことに驚いて固まり、燭台の灯りで浮かび上がったアリシアの姿を目にすると、さらに驚嘆した様子で叫んだ。

「マーガレット…ッ!?」

まるで亡霊を見たかのような表情。

いきなり母の名を呼ばれてアリシアは喉の奥で笑った。

間違えられるほど似ていたとは知らなかった。

だが、程なくして何かが違うと気づいたらしい。王妃は激しい動揺を顔に浮かべて、声を震わせながら問いかけてきた。

「まさか…、アリシアなの……？」

「はじめまして、お母さま」

「……ッ！　いっ、一体何の用で…ッ、誰が…ッ、誰があなたを通したのっ!?」

「ひどいわ、お母さま。そんなに冷たくしないで。それとも、私と会うのに何か都合の悪いことがあるのかしら？」

「ひ…ッ!?」

突然現れたアリシアに王妃は恐怖を感じているようだった。

それは捕らえたはずの相手が目の前に現れた驚きなのか、それとも、これまでのさまざまな行いにやましさがあるからか、一体どちらだろう。

か細い声を作ってみたのに、これではまったく面白くない。

つまらない演技はここまでにしておくか。

アリシアはため息をつき、王妃を冷たく見下ろした。

「コリスを返してもらおう。あの子をどこへ隠した？」

「……え？　なに？　誰ですって？」

「私と間違えておまえたちが連れ去った娘のことだ。まだ気づいていなかったのか」

「連れ…去った……？　な、何のこと……？」

「とぼける気か」

「ひっ！　そっ、それ以上、近づかないでちょうだい！　私に何かする気なのね!?」

アリシアの問いかけに、王妃は心当たりがないようなことを言う。

嘘をついているのだと思い、苛ついてさらに近づくと、彼女は悲鳴に似た声を上げながら後ずさった。

混乱と動揺、激しく怯えた顔に、アリシアは眉をひそめた。

知らない振りをしているのではないのか？

一歩近づいただけで王妃はその場に尻餅をついてしまう。四つん這いになって逃げ回り、何かを隠している様子には見えなかった。

「こっ、これまでのことを復讐しに来たのね…ッ!?」

「復讐？」

「だけど仕方がないじゃない…っ。悪いのはマーガレットなのよ。妹のようにかわいがっていたのに、あの子、ひどい裏切りをしたの！　死んでほしいくらい憎ませたのはあの子のほうだわ……ッ！」

一体何を言っているのか。

王妃は床に這いつくばって感情的に声を荒らげる。

だが、アリシアが足を止めた瞬間、彼女はさっとベッドの奥に手を突っ込み、何かを取り出した。

護身用の短剣だ。

王妃は鞘を取り、震える手でアリシアに切っ先を向ける。危害を加えるなら容赦はしないと言わんばかりの顔で睨んでいた。

やはり何かがおかしい。

王妃はこちらの問いかけには一切答えない。

マーガレットにこだわっているだけだ。

警戒心を剝きだしにして短剣まで取り出し、アリシアがこれまでの復讐に来たと本気で思っているようだった。

「マーガレットは私の結婚が決まったとき、笑顔で祝福してくれた。一人で国を離れるのが寂しくて一緒に来てほしいと頼んだときは、一生私の傍にいると言って喜んでついてきてくれたわ…っ！　知らない場所に来ても不安はなかった。私たちはどんな場所でも姉妹のようにいつも寄り添ってきたわ。なのに、あの裏切りはなに!?　陛下と密通を重ねた挙げ句、私よりも先に身籠もるだなんて……ッ！」

王妃はわなわなと震え、アリシアを睨みつける。

その話はマーガレットが死んだあとにセドリックから聞きだしたものと同じだ。

だからどうした。自分とは関係のないことだ。

憎しみを込めた眼差しで短剣の切っ先を向けてくる王妃を、アリシアは感情のない目で見返した。

しかし、王妃はますます感情的になっていく。

先ほどまでは立つことさえできなかったのに、彼女は憎悪を糧《かて》に立ち上がる。その憎しみはアリシアにまっすぐ向けられていた。

「裏切り者…ッ！　泣いて謝るくらいなら、子が宿ったときに自害すればよかったのよ！　死んで償ってと言ったじゃない！　ねぇ、なぜ死ななかったの？　ねぇ、どうして？　あなたはどうして生まれてきたのよ!?」

「……」

王妃はアリシアにマーガレットを重ねているようだった。

混乱した言葉の中には母に向けられたものが含まれ、最後にはアリシアのすべてを否定した。

アリシアは何も答えない。答えようがなかった。

「――ねぇ、そのブレスレットはなに？」

「……？」

ふと、王妃がアリシアに向けて指差す。

彼女が指差した先には、右腕に嵌めたブレスレットがあった。

これはマーガレットにもらったものだ。

だが、それを言う前に王妃はアリシアに近づく。

強い力で右腕を摑み取ると、目を剝いて怒りをあらわにした。

「これは故郷にいた頃、あの子にあげたものだわ！　どうしてあなたが持っているの⁉

冗談じゃないわ！　外しなさいよ！」

そう叫ぶや否や、王妃はブレスレットを引きちぎってしまう。

ブツッと糸が切れた音が聞こえ、それと同時に連なっていた石がバラバラに飛び散った。

「……あ」

アリシアは石が飛び散る様子を呆然と見つめる。

何が起こったのか、すぐには理解できなかった。

やがて訪れる得体の知れない喪失感に、なぜか足下がぐらつく。

マーガレットはアリシアの幸福を約束すると言ってこれを差し出した。

コリスは自分の幸せをすべて詰め込んだと言ってこれをアリシアに渡した。

目の前がぐにゃりと歪む。

込められた想いまでが、すべて砕け散った気がした。

どうかき集めても、もう自分のもとには戻らない。摑みかけていた幸せも散ってしまったようで、吐き気がするほど視界が激しく歪んでいく。

「……コリスは、どこ?」

「知らないわ。そんな娘、知らないと言っているでしょう!?」

「嘘つき、あの子をどこへやった!?」

「いやああーッ!」

アリシアが詰め寄ると、王妃は短剣を振り回す。

凶器を持っているくせに、なぜか王妃のほうが恐怖で顔を歪ませている。

そんなもの、まったく怖くない。こんな相手が怖いわけがない。煩わしさのほうが遙かに上回り、アリシアは王妃の手を素早く摑み取った。

「ひぃ…ッ!」

王妃は悲鳴を上げ、そのまま床に倒れ込む。

しかし、あまりに唐突に倒れたために彼女の手を摑んだアリシアも一緒に倒れてしまう。

自然とのしかかる恰好となり、アリシアは眉をひそめて王妃を見下ろす。

ガタガタと身体を震わせ、短剣を握ったままで放そうとしないことに苛つき、摑んだ手に一層力を込めた。

「イ…ッ!」

「おまえ、本当にコリスを知らないのか?」

「……ッ、し…、知らな……っ」

低い声音で囁かれ、王妃はさらにびくついた。

だが、その低音と女とは思えない腕力に、顔色が徐々に変わっていく。

逸らした目をぎこちない動きでアリシアに向け、間近で見たその眼光の鋭さに息を呑み、彼女は口をぱくつかせながら声を絞り出した。

「お…、男……っ？」

さすがにやりすぎたようだ。

アリシアは口端を引き上げ、くっと喉を鳴らして笑う。

もうこの女に用はない。

何も答えずに立ち上がると、倒れたままで微動だにしない王妃を振り返ることなくアリシアは寝室の外へ向かう。

「——騙されたッ。陛下にもマーガレットにも、また騙されたんだわ……っ！」

扉を閉める直前、王妃の嘆きが聞こえた。

やはり王妃はアリシアが男であることを知らなかったのだ。だからこそ、これまでの手温い襲撃では命を落とさずに済んだのだろう。

けれど、何を嘆くことがあるだろう。

男だからなんだというのか。一体何が変わるというのか。

自分の未来など、初めから閉ざされていた。

「アリシアさま…ッ」

扉を開けると、間髪を容れずにセドリックが駆け寄ってくる。

アリシアは焦りを募らせたその表情を一瞥し、部屋の向かいの壁まで移動すると、追いかけてきたセドリックに小声で話しかけた。

「コリスを連れ去ったのは王妃の手の者ではない」

「……え」

言いながら、アリシアはこちらの様子を窺う衛兵たちに目を向け、たおやかに微笑む。

衛兵たちの顔が見る間に赤くなっていく。

実に屈辱的だが、背に腹はかえられない。

こんなことで惑わせられるならいくらでも笑ってみせる。まだコリスを取り戻してもいないのに怪しまれるわけにはいかなかった。

「セドリック、次は王の部屋へ連れて行け」

「……ッ！」

低く囁くと、セドリックはびくんと肩を揺らした。

こんなに動揺した顔は初めて見る。

しかし、アリシアに意志を曲げる気はない。

王妃と話したうえで彼女ではないと判断したのだ。

ならば誰がコリスを連れ去ったのか？

要はアリシアを邪魔に思い、消したいと思っている者だ。

そう考えたとき、アリシアには国王アレクセイしか思い浮かばなかった。

「セドリック、早くしろ。おまえが案内しないなら他の者にさせる。男を手懐けるのは意外と簡単だということがわかった」

「おやめください！　どうかそのようなことは……っ！　……私が、……案内いたしますので……」

こんなに簡単に折れるとは……。

どうやら彼はアリシアが男に色目を使うのが好きではないらしい。

とはいえ、無理に愛嬌を振りまかずに済むならそのほうがずっと楽だ。こちらとしても言うことはなく、前を行くセドリックのあとを黙って着いていくだけだった。

アリシアたちは黙々と歩き続ける。

向けられる人々の視線は、王宮に来たときよりもかなり増えていた。

──私は別に問題を起こしたいわけではないのだがな……。

心の中で呟き、前を見据える。

コリスさえ返してもらえれば、すぐにでもここを出て行く。

けれど、そう簡単にはいかないことも知っていた。

──もしあの子に何かあったら……。

そう思うだけでまた目の前が歪んでいく。

どす黒い感情が腹の底で揺らぎ続けていた。

「……陛下」

と、そのとき、セドリックがハッとした様子で立ち止まった。

見れば、廊下の向こうに一際目立つ男が立っている。

側近らしき者を両脇に従え、廊下の真ん中で堂々とこちらを見据える男。

緑の瞳に茶色の髪。背が高く、男らしい体格。

クロードとよく似た顔立ち。

——この男が私の父、国王アレクセイか。

どうやら騒ぎを聞きつけ、自らやってきたらしい。

だが、特に感慨はない。父とはいえ、一度も会ったことのない相手だ。

感情の籠もらぬ目で眺めていると、アレクセイはくっと喉を鳴らして笑った。

「少し話をしよう」

彼はすぐ近くの部屋の扉を開け、アリシアに入るように促す。

人目を気にしてのことだろうか。そこかしこに集まる人々の視線は煩わしくなる一方だった。

目的さえ果たせればどこでもいい。

アリシアは黙って頷き、セドリックと共にその部屋に足を踏み入れた。


——急ぎ用意したいくつかの燭台に火が灯り、部屋が僅かばかり明るくなる。

アレクセイは二、三歩離れた場所に立ってアリシアをじっと見つめていたが、やがてぽつりと呟いた。

「マーガレットとよく似ている」

王妃に続いてこの男にまで言われるのだから、さぞや似ているのだろう。

しかし、アリシアは何の反応も見せない。

つまらない昔話に付き合う気はなかった。

「私と間違えて娘を攫ってきたはずだ。彼女を返してもらおう」

「……なに？」

アリシアの言葉にアレクセイはぴくりと眉を引き上げた。

部屋に連れてきた側近たちに顔を向けると、彼らは俯いて所在なさげに目を伏せる。

アレクセイは深いため息をつき、傍に置いてあった椅子を軽く叩いて、やや苛立った様子を見せた。

「役立たずばかりだな……。セドリック、おまえもだ」

「……陛下」

「おまえが私の命令をすぐに聞いていれば、煩わしい思いをせずに済んだというのに」

「……ッ」

アレクセイに咎められ、セドリックは顔を強ばらせていた。

それを傍で見ていたアリシアは乾いた笑い声を上げる。

――なんだ、そういうことだったのか。

ようやくからくりが見えた。セドリックは、アレクセイの命令で幼い頃からアリシアの傍にいたのだ。

「なるほど。その命令とは私を殺せとでもいうものだったか？」

アリシアは口端を引き上げ、アレクセイに視線を戻す。

「……どうだったろう」

「っは、誤魔化しは無用だ。あのような場所に追いやるだけでは事足りず、今度は私に死ねと言うのか」

「……」

「あぁ。そう考えると納得いくことがある。マーガレットの命日が近づくと、毎年何かしら物騒なことが起こるが、小娘相手と侮ってか、あの女が死んでからは殺されると思うほどのことはなかったのだ。だが、思えば今年は様子が違っていた。あと一歩で殺されるところだった。……アレクセイ、ひと月前のあの刺客はおまえの手の者だったのか？　それとも王妃の手の者と組んだか？　毒を盛る者、斬りつける者、二人いた可能性もある」

「……ほう」

初めは知らない素振りを見せていたが、アレクセイの瞳は徐々に鋭く変わっていく。

けしかけただけだったが図星だったらしい。アレクセイは感心した様子でアリシアを見つめ、苦い笑いを浮かべていた。

「これまで情報もほとんど与えられずにいただろうに、なんという鋭さだ。これがマーガレットが残した子か……」

やがて、彼は大きく息をついて宙を仰ぐ。

アリシアはその呟きにぴくりと眉を動かす。

アレクセイの動きを目で追いかけていると、彼は近くの壁に寄りかかり、何かを思いだすかのような眼差しでアリシアを見つめた。

「――マーガレットか……。懐かしい。彼女は本当に美しい娘だった。金の髪、琥珀色の瞳。雪のような肌。ひと目見ただけで、私はエリーザよりも彼女がほしくなってしまったのだ。日々募る想いに身を焦がし、私はあるとき彼女を自分のものにした。初めは抵抗されたが、一度きりで手放す気はなかった。何度も行為を重ねて想いを伝え、彼女は次第に従順になっていった。とても愛していたよ。あんなに愛した女はいない。……そう、腹に子ができるまでは確かに愛していた」

「……っ」

「彼女も悪いのだ。まさか私に何の相談もなく、己の不実を真っ先にエリーザに告白するとは考えもしなかった。おかげで自害しかねないほどエリーザに詰《なじ》られ、王宮に居場所をなくした彼女を私は所有する別邸に移すことにした。愛人として囲うつもりはあったが、エリーザの憎悪は堪えかねるものがあってな……。徐々に煩わしさのほうが勝るようになり、数か月後に子が生まれたという報告を耳にしたが、そのときはすでに他人事のようようなな感覚だった」

アレクセイは目を伏せ、ため息をつく。

王妃の怒りは今なお続いている。当時はさらにすごかったと想像できるが、それでこの男の愛情が消えてしまったというなら、初めからマーガレットを愛してなどいなかったのではないか。

頭の片隅でそんな感想を抱いていると、アレクセイは目を伏せたまま話を続けた。

「……だが、それから間もなく、エリーザに子ができて状況が変わった。生まれたクロードはあまりにも病弱だったのだ……。何度死の淵を彷徨ったかわからない。これで国を背負うなど到底不可能と思わせるほどあの子は弱かった。……男として情けないことではあるが、私はエリーザがクロードを腹に宿した頃に原因不明の熱病にかかり、女を抱けない身体になってしまってな。次を期待することができなくなってしまったのだ。だから、私は考えた。いざというときには、マーガレットとの子を王位に就かせるしかないと……」

「なに…?」

この男は何を言っているのだ?

耳を疑う言葉にアリシアは眉をひそめた。

いくら次を期待できないからといって、この国で愛人との子が王位に就けるわけがない。

たとえ国王でも、そんなことは許されていない。

「……あぁ、わかっている。もちろんこの国では庶子に王位継承権はない。側室という制度がある国も稀にあるようだが、宗教上、そういったものはここでは許されていない。だが、私は自分の分身と思える者にしか王位を譲りたくないのだ。それは端的に言うと、己の種で生まれた者のことだ。エリーザには悪いが、これも国のためだと、私はおまえのことを世間に公表した。今まで公にできなかったが、クロードより一つ上に娘がいる。あまりに身体が弱く、王宮にも住めない娘がいるのだと」

「な…、なぜ娘として……」

「それは、おまえのほうが年上だからだ。兄とすれば、クロードがもし無事に成長したとしても、あの子を差し置いておまえが王位を継ぐことになってしまう。それはならぬ。あくまでおまえは切り札にすぎないのだ。クロードが成人前に死んだときに入れ替えるためのもの。いつも病に伏せっていたから、ほとんどの者はクロードの顔をまともに見たことがない。できないことではなかった。……しかし、頭の痛いことは続いた。産んでもいない子を娘だと公表され、憎しみを再燃させたエリーザが何をするかわからなくなったのだ。だからセドリックをおまえの傍に置いた。間違っても暗殺されては困る。この男はもともと近衛隊の隊長で腕が立つ。今も私の側近としておまえの監視を続けていた。なあ、セドリックよ？」

「……ッ、陛下、それは……」

アレクセイは口端を引き上げ、セドリックに目を向ける。

突然話を振られて、セドリックは何も答えられない様子だ。

アリシアがそれをじっと見ていると、セドリックはハッとした様子で顔を強ばらせて俯いてしまった。

——なんてわかりやすい。

徐々に笑いが込み上げてくる。

すべての疑問が解けたようだった。何年も納得できずにいたことが、この数分でわかってしまった。

切り札？　違う。そんなものは机上の空論にすぎない。

到底うまくいくとは思えない話だ。

それですべての者を欺くことなどできるものか。

不審に思う者は必ず出てくる。エリーザをどう黙らせるのか。

それとも、この男は一人残らず、その芽を潰していくつもりだったとでも言うのか？

——これが、一国の王がすることとはな……。

実に傲慢で矮小だ。

そして、そんな男にアリシアはこれまでの人生を支配されてきた。

「つまり、私はもう用済みということか」

アリシアは呟く。

誰に問いかけたわけでもなかった。

切り札としての価値は今の自分にはもうない。

病を克服した今のクロードは、誰が見ても将来を嘱望される存在になった。

今の自分ほど邪魔な存在はいない。

もし男とばれれば混乱を招く種となる。女として生かしていても誰かに嫁がせることはできず、いずれ疑問に思う者も出てくるだろう。

「……本当に惜しいな。おまえはそんなにも冷静な目を持っていたのに、活かせる場を与えてやれなかった。今回、わざわざおまえを王宮に連れてこさせたのは、最期くらいは見届けてやろうという気まぐれからだったが、会っておいてよかったのかもしれぬな。親心というものが、私にも少しは残っていたのだろう」

アレクセイは残念そうに呟く。

何が親心か。もうすでにアリシアを過去の存在にしているくせに。

なんて軽い命だ。

なんと口惜しく呪わしい運命だ。

もし自分がこの国の王だったなら、この男を一番に処刑しただろう。

もし強大な権力があったなら、真っ先にこの王宮を焼き滅ぼしただろう。

「……ッ」

アリシアは血が滲むほど拳を握り、息を震わせる。

この期に及んで妄想じみたことを考える自分が滑稽でならない。

初めから、王宮に来るときは死の覚悟が必要だとわかっていた。

王妃にも男と知られ、もう先はない。

この身に幸せが訪れることはないと、とうに知っていたはずだ。

「あの子は…、コリスをどこへやった……」

「なんだ、やけにこだわるな。その娘に秘密を漏らしたのではあるまいな？」

「……まさか、あの子は何も知らない」

「そうか。だが、すぐには返せそうもない。まずは尋問して、おまえとの関係を白状させねばな。処遇を決めるのはそれからだ」

「――ッ!!」

アリシアはギリッと奥歯を噛みしめた。

この命を取るだけでは足りないというのか。

見る間に芽生えた殺意に全身の血が沸騰する。アリシアは傍にあった燭台を掴み取り、躊躇うことなくアレクセイに振り下ろした。

「ぎ…っ!? 何を…ッ」

頭を狙ったが、残念ながら燭台はアレクセイの肩に当たった。

しかし、アリシアはそこで止めようとはせず、なおも燭台を振り上げる。肩を押さえて逃げるアレクセイを追いかけ、何度も殴りかかった。

「やめ…ッ」

「死ね……ッ！」

「……ッ、おっ、おい、おまえたち！　黙っていないでなんとかしろ！」

突然の凶行に側近たちは呆然としていた。

彼らはアレクセイの叫びで慌てて動き出したが、アリシアを止めるための役には立たなかった。

捨て身になったアリシアは、部屋の外へと逃げ出すアレクセイを仕留める気で追いかけた。

廊下にはかなりの人が集まっていた。

さぞや滑稽な光景だったろう。

逃げ回る国王を王女が燭台を持って追いかけているのだ。

けれど、そんなことは気にもならない。アリシアはここですべてを終わらせて、コリスを取り戻すことしか考えていなかった。

「──アリシアさま……ッ！」

そのとき、どこからか声が聞こえた。

アリシアは息を呑み、ぴたりと動きを止める。

今のはコリスの声だ。どこから聞こえた。

自分が何をしていたのかも忘れ、アリシアはふらりと振り返った。

「──…ぐッ!?」

だが、その直後、背中に走った衝撃で足がよろめく。

何が起こった。

後ろに目を向けると、抜刀した兵士がアリシアに切っ先を向けていた。刃先からこぼれ落ちる赤い雫を見て、この灼けるような背中の熱の正体を知った。

こんなところで……。

アリシアは辺りに視線を彷徨わせる。

人垣の中、蒼白な顔で立ち尽くすコリスと目が合った。

傍にはクロードがいて、漠然と彼がコリスを助けたのだろうと納得し、そんなふうに考える自分がおかしかった。

どうやら、私はこんなところで終わるらしい。

馬鹿馬鹿しくて泣けてくる。

コリス、私はどうして生まれてきたのだろう。

何のために、望みもしない生き方をしてきたのだろうな。

せめて生まれる場所を選べたならよかった。

そうしたら、私はコリスの身近なものに生まれ変われるのに……。

なんでもいい。どんなものでもいい。彼女の肉体の一部でもいい。

それなら、きっと寂しくないだろうから……。

アリシアは燭台を手放し、その場にがくんと膝をついて昏倒しかけた。

「いやあぁっ、アリシアさま——…ッ！」

けれど、コリスの声が引き留める。悲痛な叫びを聞きながら、アリシアは床に膝をついて浅い息を吐いていた。

背中から溢れ出す血液。あの男の血を引き継いだ、とても汚い血だ。

いっそ、すべて出し切ってしまったほうがいい。

アリシアはくっと喉の奥で笑い、ふらふらと立ち上がろうとする。近づく足音を感じて見上げると、コリスとクロードが駆け寄ってくるところだった。

まだだ。燃え尽きるまでまだ少し……。

二人の姿に目を細め、アリシアは立ち上がる。

ふらつきながら自分の背に腕を回し、ぬめった感触に笑いながら服のボタンを外した。

血にまみれた白い服が徐々に脱げ、肩があらわになるのを見たクロードが焦っているのがおかしかった。

「やめろ、アリシア…ッ！」

背後からアレクセイの動揺が伝わった。

誰でも煩わしいことは嫌いだ。

アリシアが男だと外に広まれば騒ぐ者も出るだろう。

さまざまな憶測が飛べば、それはやがて王族に対する不信に繋がっていくかもしれない。

もちろん、その前にすべて握りつぶされてしまう可能性のほうが高いが、それでもこの男にとって、今の状況はそれなりに都合が悪いのだ。

意地でもやめるものか。

　自分が何者であるのか、どんな存在であるのか、せめてここにいるすべての者たちの記憶に刻みつけてやると、アリシアはよろめきながら服に手を掛けた。

「アリシア、そんなことは絶対に許さ……——、ぐ…ッ、う…ッ、何をする、セドリック……ッ！」

　背後から近づく気配を感じていたそのときだった。

　アリシアの横をセドリックが素早く駆け抜け、その直後、彼はなぜかアレクセイを羽交い締めにしたのだ。

　何を考えている。何をしている。

　セドリック、おまえは王の側近ではなかったのか。

　思いながら服を脱ぎ、アリシアの上半身があらわになる。その姿を見た人々の驚嘆する顔が目に飛び込み、場が激しくどよめいた。

「……う」

　しかし、そこで意識が途切れそうになり、アリシアはその場でまたよろめく。

「アリシアさま…ッ」

「姉上！」

　間近で聞こえるセドリックとクロードの声。

　どうやら二人に抱き留められたらしい。彼らの腕の中でうっすらと目を開けると、泣きじゃくるコリスがすぐそこにいた。

「セドリック、貴様、血迷ったか！　私の命令を散々無視した挙げ句、こんな行動に出るとは……ッ！」

「しかし陛下！　これではあまりにも無情すぎます……ッ」

「なんだと!?」

「この方は未来を夢見たことがありません。生まれたときから閉ざされておりました。これほど不幸な方を、私は他に知りません！」

「……ッ」

「陛下、お願いします。一度だけで構いません。この方に慈悲を……」

「……セドリック？」

「この方は初めからこの世にいなかったと……、それができぬなら、今ここで死んだのだと、そうお考えいただきたく……ッ！」

「な…っ!?」

セドリックの言葉にアレクセイは戸惑っていた。

おまえは何を言っているのだと、アリシアも思っていた。

だが、その直後、

「待てッ、誰か！　あの者たちを捕まえろ！」

アレクセイの怒声が後方から響く。

突然セドリックがアリシアを抱えて走りだしたのだ。

コリスの息づかいが聞こえる。どうやら彼女も着いてきているらしい。

何てことだ。何て馬鹿なことをしているのだ。

あぁ、こんなときに意識が薄れていく。

きっと今気を失ったら戻ってこられないというのに……。

アリシアは腕を伸ばして彼女を捜す。

そんな姿は未練がましく、実に滑稽《こっけい》だったろう——。

＋　＋　＋

コリスたちは無我夢中で王宮内を駆け抜けていた。

背に深い太刀傷を負ったアリシアはセドリックに抱きかかえられ、細い息をするだけで意識はほぼない。壮絶な瞬間が繰り返しコリスの脳裏に蘇り、大切な人の命が尽きるかもしれない恐怖で震えが止まらず、足がもつれそうになった。

「何をしているのです、しっかりなさい！　諦めるにはまだ早いでしょう…ッ！　今は王宮を出ることだけを考えなさい…ッ！」

「はっ、はい…ッ！」

よろめいた途端、セドリックに叱責されてコリスはハッとした。

セドリックは必死の形相で走り続けている。後ろからは追っ手が迫っているが、彼はアリシアを抱えているから逃げることしかできない。

それでも彼は前を見ていた。

王宮から出ることを本気で考えている顔だった。

――そうよ。ここで捕まるわけにはいかない。諦めるにはまだ早いわ。アリシアさまは生きているんだもの……ッ！

歯を食いしばり、コリスも前を向く。

息が切れて苦しかったが、振り返らずにセドリックと走り続けた。

女の足でも捕まらずにいられるのは、兵士たちの数が少ないからだろう。夜ということもあるが、王宮内の兵士たちに命令が行き渡っていないのだ。逃げ切れるか、捕まって終わるかは時間との勝負と言えた。

どこを走っているのかコリスにはわからなかったが、そのうちに扉を抜けて外に出た。

冷たい風が吹き抜け、髪が乱れるのも気にせず、なおも走る。

幸い、自分たちを追いかける足音は聞こえない。

追っ手がどこまで迫っているかはわからない。セドリックが走っているうちは倒れるまで足を前に進める気でいた。

「きゃあ…ッ!?」

ところが、突如自分たちの前に巨大な影が立ちはだかった。

悲鳴を上げ、立ち止まらざるを得なくなったコリスたちは、息を弾ませながらその影を見上げた。

荒々しい呼吸で白く煙る空気。長いたてがみ。悠然《ゆうぜん》と立つ四肢《しし》。

前に立ちはだかるのは息を呑むほど美しい黒馬だった。

だが、その美しさに似合わず黒馬はなぜか幌《ほろ》を引いていた。よくよく見れば、御者の座るところにはクロードの姿があった。

「クロードさま！」

「この馬を使ってください…ッ！　幌つきとはいえ、並の馬では追いつけないはずです！　セドリック、あなたは御者台へ、コリスは幌の中に！　急いで！」

クロードは叫び、御者台から飛び降りてセドリックに駆け寄る。

彼は有無を言わさずアリシアを受け取り、幌の中にその身体をゆっくりうつぶせにして横たわらせた。

コリスも一緒に幌に入ったが、背中からは傷口が見えないほど血が流れていて、あまりのひどさにガクガクと全身が震えた。

ふとアリシアが何かを捜すように手を伸ばす。

コリスは咄嗟に彼を抱き寄せて自分の膝に頭を乗せた。こうしてほしいと言っている気がしたのだ。

ほぅ…と、アリシアは安心した様子で息をつき、コリスの腰を抱きしめる。

彼の金色の長い睫毛は涙で濡れていた。

「父上は、なんという罪深いことを……ッ」

その様子を見ながら、クロードは悔しげな顔で呟く。

彼の頭の中はさぞや混乱しているのではと思ったが、この少しの間でアリシアが王女として生きてきたのは王の過ちによるものと悟ったようだった。

日頃から王について思うところがあったのかもしれない。

屋敷で初めて会ったとき、彼は心底アリシアを心配していた。

今も、心からアリシアを想ってくれている。その身を第一に案じ、立場を顧みずにこうして助けにきてくれた。

「姉…、いえ、兄上は……、何も知らず、無邪気に慕う私のことが大嫌いだったでしょうね……」

「クロードさま……」

涙が溢れて止まらない。

もっと違う形で二人が出会えていたらと思うと胸が痛かった。

「……私は城に戻ります。この騒ぎをなんとかしなければ。今の私にできるのはここまでですが、どうか必ず逃げ延びてください」

そう言うと、クロードは幌から飛び出し、御者台へ向かう。

セドリックと二言三言、言葉を交わし、彼はすぐに荷台の後ろに戻って幌に手を掛ける。

その際にクロードと目が合ったが、彼は唇を震わせて今にも泣きそうな顔をしていた。

「兄上を頼みます」

静かな声音と共に、勢いよく幌が被される。

中は御者台から漏れる月明かりだけになり、やがて馬車が動き出す。

コリスはアリシアを抱きしめる。

細くなるばかりの息。それでも彼はまだ温かかった。

「アリシアさま…ッ、アリシアさま……ッ」

「……ふ…、やっと捕まえた」

泣きじゃくるコリスの腕の中でアリシアはくすりと笑う。

どこか遠くを見るような眼差しで、コリスに甘えているようだった。

「おまえを……、一緒に連れて行きたいな……」

「アリシアさま…ッ」

「……嘘。やっぱり来なくていい」

からかうようにアリシアは囁く。

その顔は穏やかで、どこか嬉しそうだ。

こんなときなのに笑っているのは、アリシアにはもう隠すものがないからだ。

けれど、こんなのは嫌だ。

終わりにしたくない。どこにも行かないでほしいとコリスは泣き続けた。

「アリシアさま、何を弱気になっているのです！」

そのとき、御者台からセドリックが声を上げた。

ここから見えるのは背中だけだ。彼はしっかりと手綱を握り、こちらを振り向くこともせず、さらに言葉を続けた。

「私はあなたの死に場所を探しているわけではありません。馬鹿なことを考える前に、すべきことがあるでしょう！」

「……すべき、こと？」

「あなたは生きるのです。これから新しい人生が始まるのですよ。私は、それを見届けるために一緒に来たのです。絶対に死んではなりません…ッ。そんなことのために連れてきたわけではない……っ！」

「セド、リック……、おまえ……」

「私だって人間です。感情というものがあります。長く傍にいれば情も移ります。殺せと言われて簡単に実行できるわけがないでしょう……ッ。だから足掻いたのです。誰かあなたの傍にいてくれないかと、自分ではだめだからと、無い知恵を絞って世話係を募りました。コリスとの関係はとても危うく感じましたが、変わっていくアリシアさまを見て安心もしていたのです。このまま時が止まればいいと、どれだけ願ったことか……っ」

セドリックは声を震わせ、それでも前を見据える。

「……アリシアさま、あなたには未来があるのです。どうか信じてください。大丈夫、あなたは強い。ひどい傷を負っても、必ず治してきたでしょう？　今回も治りますとも。絶対です。私はあなたが心配で心配で……、いつもその場で処置できるように準備を欠かしたことがないのですから……っ」

「セドリック…さま？」

「覚えていますか？　あなたに薬草の知識を与えたのは私だったのですよ。他にも生きる術をたくさん知っています。私はとても便利な男なのですよ」

染みいるようなセドリックの優しい声。

アリシアはそれを聞き、何度か瞬きをしてから、ふっと顔を綻ばせる。

小さく息をつき、微かに頷いたように見えた。

「――まだ生きられるならそうしたい。心残りができてしまったのだ……」

コリスの腰を抱く手に少しだけ力を入れ、アリシアは静かに微笑んだ。

これは一か八かの賭けなのかもしれない。

それでも、覚悟を決めたアリシアはもう何も言わなかった。

コリスもまた一縷《いちる》の望みに縋《すが》るしかなかった。

夜空の下で蹄の音が力強く響く。

このときのことは死ぬまで忘れない。

あれほど長い夜は、二度と訪れることはないだろう――。

終章

抜けるような青い空、緑豊かな山麓《さんろく》。

耳を澄ませば川のせせらぎが響く牧歌的な風景。

大木の下には、先ほどから無防備に昼寝をする男の姿があった。

日の光を浴び、短い金の髪がサラサラと風に揺れている。

彼を捜しにきた一人の女がその姿を見つけて前にしゃがみ込み、くすっと笑いを零す。

程なくしてその気配に気づき、彼はぴくんと瞼を震わせてトロンとした目で彼女を見上げた。

「そんなところで寝たら、風邪をひいてしまいます」

「……少し休んでいただけだ」

「そうですか？」

「あぁ、おまえが来ると思って待っていた」

寝ぼけ眼で言っても説得力がない。

くすくすと笑って頷き、ふと彼の傍に無造作に置かれた白い花に目を落とした。

「これを摘みに来たんですか？」

「そうだ。虫刺されにも効くし、高熱を下げる効果もある。少々臭いが強いが、他にもさまざまな効能があるから、あるととても便利なのだ」

「すごいものなんですね」

「そう、すごいものだ」

感心してみせると、彼は顔を輝かせて頷く。

無邪気な子供のような反応に微笑みを浮かべながら手を差し伸べると、彼はその手を摑んでゆっくり立ち上がる。

そのまま当たり前のように抱きしめられ、彼から漂う花の香りが鼻腔をくすぐった。

——やっぱり、この人からは花の香りがする。

初めて彼を見たときの輝くような美しさを思いだし、哀しくも愛しい過去に想いを馳せた。

「コリス、私はここまで一人で歩けるようになった」

「びっくりしました。どこまで行ったのかと、少し捜してしまいました」

「なら、明日はおまえも連れてこよう」

「お昼を持って出かけましょうか」

「それはいいな。楽しみだ」

耳元で囁かれ、コリスは彼の胸に顔を埋める。

ここまで、本当に長かった。

彼が——アリシアがここまで回復するのには二年の年月が必要だった。

絶望を味わい、背に深い太刀傷を受け、嵐のような夜を越えてもなお心安まる日々は遠かった。

幌馬車の中でセドリックが彼の傷を縫い合わせ、激痛に呻きながら生死を彷徨う姿を見守り続けた最初の一か月は生きた心地がしなかった。起き上がれるようになるまでにはさらに半年がかかり、日常生活さえままならない苛立ちは想像を絶するものがあったはずだ。

今もまだ傷が疼くのか、痛みで呻く夜もある。

それでもアリシアは諦めず、そんな彼をコリスも励まし続け、ようやくここまで辿り着いた。

他の人の助けがなかったわけではない。

王宮を出た翌朝、自分たちは街の外れにある時計台の裏でクロードと再会した。

彼は馬車を送り出す直前、セドリックとそういうやりとりをしていたようで、その後も大きな助けとなってくれた。秘密裏に用意してくれた小屋で一か月ほど過ごし、僅かにアリシアの容態が落ち着いたのを見計らい、都からいくつも山を越えたこの場所の小さな屋敷に移り住んだ。

直接会うことはできずとも、今もたびたびクロードとは手紙のやりとりをしている。

アリシアたちがいなくなってからもしばらくの間、国王アレクセイは追跡の手を緩めなかった。けれど、彼らが何の手がかりも摑めずに半年が経った頃、王女が病で亡くなったという話が国民に伝えられ、同時にアリシアの捜索も終了したことをクロードは知らせてくれた。クロードは何も言わないが、彼がうまく立ち回って尽力してくれたことは想像に難くなかった。

また、王も王妃もあれからアリシアのことは一切口にせず、まるで何もなかったかのような日々を過ごしている、とのことだ。自分も今は陰ながら見守ることしかできず心苦しい、力のなさを痛感していると、クロードは何度も手紙で自分を責めていた。

けれど、彼は必ずや素晴らしい王になるだろう。

コリスの家族とももときどき手紙のやりとりができるようにしてくれて、本当に細かいことまで気に掛けてくれる。この国の未来は明るそうだと、コリスは密かに思っていた。

「そういえば、セドリックはどうした？　朝から姿を見ていない」

「買い出しに行っていたみたいです。先ほど戻ってきました」

「相変わらず、よく動き回る男だな」

「でも、前より生き生きして若返ったみたいです。――あ…っ、そのセドリックさまに言われて、私、アリシアさまを呼びに来たんだったわ」

「どうかしたのか？」

「ええ、この前来た髭のおじいさん、覚えていますか？」

「髭の…？　あぁ、あの老人か。最近食欲が出ないとか言っていたな……」

「その方です。アリシアさまの薬がよく効いたって、またいらしているようで……。身体がぽかぽかして力が湧いて、畑仕事ができるようになったらしいです。すごいお医者さまだって喜んでいるそうですよ」

「大げさだな」

アリシアは苦笑を浮かべるが、まんざらでもなさそうだ。

そんな彼に寄り添い、コリスも笑う。

彼は今、医者をしているのだ。逃れたこの地で、培った知識と経験を生かしてセドリックの助けも借り、のんびりとやっている。

コリスは差し詰め、その助手といったところだ。

この関係はもう少し続きそうだ。いずれどこかで結婚式を挙げようという話もあるが、それはまだ先になるだろう。

「戻りましょう」

「そうだな。待たせているなら仕方ない」

平然とした様子で言うが口元が笑っている。

つられてコリスも笑うと、彼は目を細めてそっと顔を近づけた。

「……ん」

唇が触れ合い、見つめ合ってまた口づける。

「コリス、おまえが好きだよ……」

「……ッ」

耳元で、アリシアが吐息混じりに囁いた。

コリスの目にじわりと涙が溢れる。

彼は少し照れた様子でコリスの手を握り、琥珀色の瞳を揺らめかせてぽつりと呟く。

「──おまえと出会えてよかった。私は今、とても幸せだ……。この世界は、綺麗だな……」

染み渡る穏やかな声。

コリスの嗚咽が空に響き、強く抱きしめられた。

止めどなく溢れた涙は、彼の唇で優しく拭われていく。

胸がいっぱいで言葉にならない。

けれど、言葉など要らなかった。

屋敷に戻るまでの間、何度も立ち止まっては抱きしめ合った。

互いの存在を確かめ、未来を夢見る。

二人にとってこれ以上の幸せなどなかった──。

あとがき

最後まで御覧いただき、ありがとうございました。作者の桜井《さくらい》さくやと申します。

今回のお話、タイトルからもわかるとおり、少々人を選びそうなものとなっているのですが、少しでも多くの方がお楽しみいただけたらいいな…と今は祈るばかりです。

ほぼ全編に渡って王女として過ごしたアリシア。

馬を扱えないし剣も使えない。貴族の男性なら大体嗜《たしな》んでいることをまったくできない。書くうえで気をつけたのが、『男らしさを極力見せないこと』だったので、今まで自分が書いた中でもかなり繊細な人という印象が残っています。

とはいえ、あくまで男女の恋愛なので、イラストにする際には極力百合っぽくならないようにお願いし、表現するのは難しかっただろうな…と思っています。

それから最近気づいたことですが、私の話はヒロインかヒーローが大概怪我をする運命を辿るようで、その中でもアリシアが群を抜いての怪我人となりました。

ただでさえ辛い目に遭っているのに、と心の中では謝罪しましたが、現実に彼が目の前に現れたらひたすら罵倒《ばとう》されそうですね。でも、中途半端な怪我で済んだなら、あの終わり方はできなかったんじゃないかなって……。

辛い境遇を歩んできたアリシアには、これからたくさんの幸せをコリスと共に掴んでいってほしいものです。そして、今まで自分のことで精一杯だった彼が、セドリックやクロードに大きく支えられて未来が開かれたことにも、深く噛みしめられる日が来るといいなと思っています。

最後に、この本を手にとってくださった方、本作に関わっていただいたすべての方々に御礼を申し上げます。

ここまでおつきあいいただき、ありがとうございました。

皆様とまたどこかでお会いできれば幸いです。

桜井さくや

ソーニャ文庫

この本を読んでのご意見・ご感想をお待ちしております。

◆ あて先 ◆

〒101-0051
東京都千代田区神田神保町2-4-7 久月神田ビル
㈱イースト・プレス　ソーニャ文庫編集部
桜井さくや先生／アオイ冬子先生

女装王子《じょそうおうじ》の初恋《はつこい》

2016年11月7日　第1刷発行

著　　者　桜井《さくらい》さくや
イラスト　アオイ冬子《ふゆこ》
装　　丁　imagejack.inc
D　T　P　松井和彌
編集・発行人　安本千恵子
発　行　所　株式会社イースト・プレス
〒101-0051
東京都千代田区神田神保町2-4-7 久月神田ビル
TEL 03-5213-4700　　FAX 03-5213-4701
印　刷　所　中央精版印刷株式会社

ISBN 978-4-7816-9588-4
定価はカバーに表示してあります。

Sonya ソーニャ文庫の本

『激甘ハネムーンは無人島で!?』　桜井さくや

イラスト　成瀬山吹